O caso da criada perfeita
&
outras histórias

CB066949

Estes contos foram extraídos dos livros *Os treze problemas* (*Uma tragédia de Natal*, *O caso do bangalô* e *Morte por afogamento*) e *Os últimos casos de Miss Marple* (*Uma piada incomum*, *O caso da criada perfeita* e *A extravagância de Greenshaw*)

Tradução: Márcia Knop (*Uma piada incomum*, *O caso da criada perfeita* e *A extravagância de Greenshaw*) e Petrucia Finkler (*Uma tragédia de Natal*, *O caso do bangalô* e *Morte por afogamento*)

Título original dos contos: *Strange Jest*; *The Case of the Perfect Maid*; *Greenshaw's Folly*; *A Christmas Tragedy*; *The Affair at the Bungalow*; *Death by Drowning*

Agatha Christie

O caso da criada perfeita
&
outras histórias

L&PM *Letras* **GIGANTES**

Texto de acordo com a nova ortografia.
Também disponível na Coleção L&PM POCKET

Capa: Ivan Pinheiro Machado
Tradução: Márcia Knop e Petrucia Finkler
Revisão: L&PM Editores

CIP-Brasil. Catalogação na publicação
Sindicato Nacional dos Editores de Livros, RJ

C479c

Christie, Agatha, 1890-1976
     O caso da criada perfeita e outras histórias / Agatha Christie; tradução Márcia Knop, Petrucia Finkler. – Porto Alegre [RS]: L&PM, 2022.
     184 p. ; 23 cm.

     Tradução de: *A christmas tragedy; The affair at the bungalow; Death by drowning; Strange jest; The case of the perfect maid; Greenshaw's folly*
     ISBN 978-65-5666-283-1

     1. Ficção inglesa. I. Knop, Márcia. II. Finkler, Petrucia. III. Título.

22-78408   CDD: 823
                            CDU: 82-3(410.1)

Meri Gleice Rodrigues de Souza - Bibliotecária - CRB-7/6439

Uma piada incomum © 1944 Agatha Christie Limited. Todos os direitos reservados; O caso da criada perfeita © 1942 Agatha Christie Limited. Todos os direitos reservados; A extravagância de Greenshaw © 1960 Agatha Christie Limited. Todos os direitos reservados; Uma tragédia de Natal © 1930 Agatha Christie Limited. Todos os direitos reservados; O caso do bangalô © 1930 Agatha Christie Limited. Todos os direitos reservados; Morte por afogamento © 1931 Agatha Christie Limited. Todos os direitos reservados.
AGATHA CHRISTIE, MARPLE e a assinatura de a assinatura de Agatha Christie são marcas registradas da Agatha Christie Limited no Reino Unido e no mundo. Todos os direitos reservados.

Todos os direitos desta edição reservados a L&PM Editores
Rua Comendador Coruja 314, loja 9 – Floresta – 90.220-180
Porto Alegre – RS – Brasil / Fone: 51.3225.5777

PEDIDOS & DEPTO. COMERCIAL: vendas@lpm.com.br
FALE CONOSCO: info@lpm.com.br
www.lpm.com.br

Impresso no Brasil – inverno de 2022

Sumário

Uma tragédia de Natal / 7

O caso do bangalô / 37

Morte por afogamento / 62

Uma piada incomum / 96

O caso da criada perfeita / 117

A extravagância de Greenshaw / 141

Uma tragédia de Natal

— Tenho uma reclamação a fazer — disse Sir Henry Clithering. Seus olhos brilhavam suavemente enquanto olhava ao redor para o grupo ali reunido. O coronel Bantry, com as pernas esticadas, franzia o cenho para a decoração da lareira, como se esta fosse um soldado delinquente em um desfile militar. A esposa do coronel furtivamente folheava o catálogo de bulbos de plantas que chegara com a última entrega do correio. O dr. Lloyd tinha o olhar fixo, carregado de admiração, em Jane Helier, e a bela atriz contemplava pensativa suas unhas pintadas de rosa. Apenas aquela solteirona idosa, Miss Marple, estava sentada de forma ereta e alerta, e seus pálidos olhos azuis encontraram os olhos de Sir Henry com um brilho equivalente.

— Uma reclamação? — ela murmurou.

— Uma reclamação muito séria. Nós estamos em um grupo de seis pessoas, três representantes de cada sexo, e protesto em nome dos machos oprimidos. Três histórias foram contadas esta noite — e contadas pelos três homens! Protesto porque as mulheres não fizeram a parte delas.

— Ah! — disse a sra. Bantry com indignação. — Tenho certeza de que fizemos. Nós ouvimos as histórias com um apreço dos mais inteligentes. Demonstramos uma atitude verdadeiramente feminina, evitando nos jogar à frente dos holofotes!

– É uma excelente desculpa – disse Sir Henry –, mas não serve. E há um ótimo precedente em *As mil e uma noites*! Portanto, avante, Sherazade.

– Está se referindo a mim? – disse a sra. Bantry. – Mas não tenho nada para contar. Nunca estive cercada de sangue ou mistério.

– De forma alguma eu insistiria em sangue – disse Sir Henry. – Mas estou certo que alguma das três senhoras tem algum mistério favorito. Vamos lá, Miss Marple, conte a "Curiosa coincidência da diarista" ou o "Mistério da reunião das mães". Não permita que eu me desaponte com St. Mary Mead.

Miss Marple balançou a cabeça.

– Nada que pudesse lhe interessar, Sir Henry. Temos nossos pequenos mistérios, é claro; há o caso dos 150 gramas de camarão descascados que desapareceram de forma tão incompreensível; mas isso não lhe interessaria, pois tudo acabou se revelando tão trivial, embora esclareça significativamente a natureza humana.

– A senhora me ensinou a adorar a natureza humana – disse Sir Henry solenemente.

– E a srta. Helier? – perguntou o coronel Bantry. – Deve ter tido algumas experiências interessantes.

— Sim, de fato — disse o dr. Lloyd.

— Eu? — perguntou Jane. — Querem dizer, querem dizer que gostariam que eu relatasse algo que aconteceu comigo?

— Ou com algum de seus amigos — corrigiu Sir Henry.

— Ah! — disse Jane, evasiva. — Não acho que nada nunca tenha acontecido comigo, digo não esse tipo de coisa. Flores, é claro, e mensagens estranhas; mas isso é da natureza masculina, não é? Não acho que... — interrompeu-se e pareceu perdida em pensamentos.

— Vejo que teremos de ouvir aquela epopeia dos camarões — disse Sir Henry. — Pode começar, Miss Marple.

— O senhor gosta tanto da sua piada, Sir Henry. Os camarões são apenas uma bobagem à parte; mas agora, pensando bem, lembro-me *sim* de um incidente. Não exatamente um incidente, algo deveras mais sério: uma tragédia. E estive envolvida, de certa forma, no meio da confusão; e, com relação ao que fiz, nunca senti o menor arrependimento; não, nenhum arrependimento mesmo. Mas não foi em St. Mary Mead.

— Que decepção — disse Sir Henry. — Porém me esforçarei para superar isso. Sabia que não deveríamos confiar na senhora.

Ele se posicionou com atitude própria de ouvinte. Miss Marple ficou levemente ruborizada.

– Espero que seja capaz de contar de forma adequada – disse com ansiedade. – Temo que esteja muito inclinada a me tornar divagante. A gente se perde do assunto muitas vezes sem perceber que está fazendo isso. E é tão difícil de lembrar cada fato na ordem certa. Vocês todos me desculpem se eu contar mal a minha história. Aconteceu há muito, muito tempo.

"Como eu disse, não estava relacionada a St. Mary Mead. Na verdade, tinha a ver com uma Hidro..."

– A senhora quer dizer um hidroavião? – perguntou Jane, com os olhos arregalados.

– Não é disso que ela está falando, querida – disse a sra. Bantry e explicou-lhe. O marido acrescentou sua parcela:

– Lugares brutais, totalmente brutais! Há que se acordar cedo de manhã e beber água com gosto de imundície. É só um monte de velhas sentadas sem fazer nada. Ti-ti-tis de natureza maldosa. Deus, quando eu penso...

– Arthur – disse a sra. Bantry, placidamente –, sabe que fez um bem gigantesco para você.

– Um monte de velhas sentadas por todo o lugar só comentando escândalos – resmungou o coronel Bantry.

– Temo que isso seja verdade – disse Miss Marple. – Eu mesma...

– Minha querida Miss Marple – exclamou o coronel, horrorizado –, não quis insinuar de forma alguma...

Com as bochechas rosadas e um pequeno gesto com a mão, Miss Marple o impediu de continuar.

– Mas é verdade, coronel Bantry. Apenas quero dizer isso. Permita-me organizar meus pensamentos. Sim. Comentar escândalos, como o senhor diz; bem, isso se faz bastante. E as pessoas em geral gostam de fazer isso, em especial as mais jovens. Meu sobrinho, que escreve livros – e livros muito inteligentes, acredito –, já disse as coisas mais mordazes sobre alguém difamar o caráter das pessoas sem nenhuma espécie de provas e o quanto isso é cruel, e assim por diante. Mas digo que nenhum desses jovens para alguma vez para pensar. Realmente não examinam os fatos. Certamente o nó da questão toda é este: com que frequência o ti-ti-ti, como o senhor diz, é a mais pura verdade? Acho que se, como eu disse, realmente examinassem os fatos, descobririam que nove vezes em dez é a pura verdade! E é justo isso que deixa as pessoas tão aborrecidas.

– Uma suposição inspirada – disse Sir Henry.

– Não, não é isso, não se trata disso mesmo! É realmente uma questão de prática e experiência. Ouvi dizer que, se mostrar a um egiptólogo um daqueles besourinhos curiosos, ele sabe dizer de que época antes de Cristo ele é, ou se é uma imitação de Birmingham. E não sabe dizer qual a regra definitiva para fazer isso. Ele simplesmente sabe. Passou a vida fazendo isso.

"Isso é o que estou tentando dizer (muito mal, eu sei). Aquelas que meu sobrinho chama de 'mulheres supérfluas' têm tempo de sobra nas mãos, e o principal interesse delas é geralmente em outras pessoas. Assim, vejam bem, elas se tornam o que chamaríamos de experts. E os jovens de hoje... falam muito abertamente sobre coisas que não se podia mencionar nos meus dias de juventude, mas, por outro lado, são muito inocentes nos seus pensamentos. Acreditam em tudo e em todos. E se tentamos avisá-los, mesmo que com todo o cuidado, dizem que temos uma cabeça vitoriana – e dizem que isso é como uma fossa."

– E enfim – disse Sir Henry –, o que há de errado com uma fossa?

– Exatamente – disse Miss Marple, animada. – É a parte mais necessária de uma casa; mas, é claro, nada romântica. Devo confessar que tenho meus sentimentos, como todo mundo, e fui algumas vezes cruelmente ferida por comentários descuidados. Sei que os cavalheiros não se interessam por assuntos domésticos, mas preciso apenas mencionar minha empregada Ethel, uma moça muito bonita e esforçada sob todos os aspectos. Porém percebi, assim que a vi, que era do mesmo tipo de Annie Webb e da filha da pobre sra. Bruitt. Caso surgisse a oportunidade, os conceitos de o meu e o seu não significariam nada para ela. Então a mandei embora no final do mês e dei-lhe referências por escrito, dizendo que era honesta e séria, mas em particular adverti a velha sra. Edwards para não contratá-la; e meu sobrinho, Raymond, ficou furioso e disse nunca ter ouvido nada mais cruel – sim, cruel. Bem, ela foi trabalhar com Lady Ashton, a quem não me senti na obrigação de advertir; e o que aconteceu? Toda a renda das roupas íntimas dela foi arrancada e dois broches de diamantes levados embora – a moça partiu no meio da noite e nunca mais foi vista!

Miss Marple fez uma pausa, inspirou profundamente e, então, prosseguiu.

– Vão dizer que isso não tem nada a ver com o que se passava no Keston Spa Hidroterápico, mas de certa forma tem. Explica o motivo pelo qual não tive nenhuma dúvida, desde o primeiro momento em que vi o casal Sanders, de que ele queria dar um fim na esposa.

– Hein? – disse Sir Henry, inclinando-se para frente.

Miss Marple virou-se para ele com a expressão plácida.

– Como eu disse, Sir Henry, não tive nenhuma dúvida. O sr. Sanders era um homem grande, bonito, com o rosto corado, de modos muito joviais e popular com todo mundo. E ninguém poderia ser mais aprazível com a esposa do que ele. Mas eu sabia! Ele queria dar um fim nela.

– Minha cara Miss Marple...

– Sim, eu sei. É o que meu sobrinho Raymond West diria. Ele diria que eu não tenho um vestígio que seja de prova. Mas lembro bem do caso de Walter Hones, que gerenciava o Green Man. Voltando para casa com a esposa certa noite, ela caiu no rio; e ele ficou com o dinheiro do seguro! E de pelo menos mais uma ou duas pessoas que estão andando por aí, livres, leves e soltas até hoje; uma de fato da nossa mesma classe. Foi para a Suíça passar férias de verão escalando com a esposa. Avisei-a para não ir – a coitadinha não ficou brava comigo como poderia ter ficado, ela apenas riu. Parecia tão engraçado que uma coisa velha e estranha como eu falasse assim do Harry dela. Bem, bem, houve um acidente; e Harry está casado com outra mulher agora. Mas o que eu poderia fazer? Eu sabia, mas não tinha provas.

– Ah! Miss Marple – exclamou a sra. Bantry. – A senhora não está dizendo...

– Minha querida, essas coisas são muito comuns, muito comuns mesmo. E os cavalheiros ficam particularmente tentados, por serem mais fortes. É tão fácil se a coisa for parecer um acidente. Como eu disse, percebi de imediato no caso dos Sanders. Aconteceu num bonde. Estava lotado na parte de dentro e tive de ir na parte superior. Nós três nos levantamos para descer, e o sr. Sanders perdeu o equilíbrio, caindo diretamente em cima da esposa e arremessando-a de cabeça escada abaixo. Por sorte, o condutor era um jovem muito forte e a segurou.

– Mas certamente deve ter sido um acidente.

– Claro que foi um acidente, nada poderia ter parecido mais acidental! Porém o sr. Sanders havia trabalhado a serviço da Marinha Mercante, ele me contou, e um homem que consegue se equilibrar num barco que se inclina o tempo todo de forma tão desagradável não vai perder o equilíbrio logo em cima de um bonde, se até uma velha como eu não perde. Não vá me dizer!

– De qualquer forma já entendemos que a senhora formou sua opinião, Miss Marple – disse Sir Henry. – Formou-a desde o instante daquele incidente.

A velhinha assentiu.

– Tive certeza o bastante, e outro incidente, ao atravessar a rua não muito depois, me deixou ainda mais segura. Agora eu lhe pergunto, Sir Henry, o que poderia eu fazer? Ali estava uma simpática e contente jovem esposa, perfeitamente feliz, prestes a ser assassinada.

– Minha cara, a senhora me tira o fôlego.

– Isso é porque, como a maioria das pessoas de hoje, o senhor não quer encarar os fatos. Prefere pensar que algo poderia não ser assim. Mas era bem assim, e eu sabia. Porém, ficamos incapacitados, infelizmente! Eu não poderia, por exemplo, ir à polícia. E sabia que tentar avisar a mocinha seria inútil. Ela era devotada ao marido. Incumbi-me da tarefa de descobrir o que podia sobre eles. Há muitas oportunidades para isso quando a pessoa faz trabalhos manuais ao redor da lareira. A sra. Sanders (Gladys era o nome dela) gostava muito de falar. Parece que não estavam casados há muito tempo. O marido tinha algumas propriedades que ainda seriam destinadas a ele, mas no momento estavam muito mal de dinheiro. Na verdade, estavam vivendo da pequena renda que ela tinha. Essa é uma historieta conhecida. Ela lamentava o fato de não poder tocar em seu capital. Parece que alguém, em algum lugar, tivera bom senso! Mas o dinheiro era dela para repassar em testamento; isso eu descobri. E ela e o marido haviam feito testamentos a favor um do outro logo após o casamento. Muito comovente. É claro, quando os negócios de Jack ficassem todos certos... Aquele era o fardo, dia após dia e, enquanto isso, eles estavam bem apertados; na verdade, estavam alojados num quarto no andar de cima, junto com os serviçais – e era tão perigoso no caso de um incêndio! No entanto, por coincidência, havia uma saída de emergência justo do lado de fora da janela deles. Indaguei cuidadosamente se havia uma sacada – perigosas, essas sacadas. Basta um empurrão... e já sabem!

"Fiz a moça prometer não sair para a sacada; disse que foi um sonho que tive. Isso deixou-a impressionada

– superstições podem ser muito úteis às vezes. Era uma garota clara, com a tez num tom bastante lavado, e um coque de cabelo desarrumado junto ao pescoço. Muito crédula. Repetiu ao marido o que eu havia dito, e notei que ele olhara para mim com curiosidade uma ou duas vezes. Ele não era crédulo; e lembrava que eu estivera naquele mesmo bonde.

"Mas eu estava preocupada, terrivelmente preocupada, porque não via como contorná-lo. Poderia evitar que qualquer coisa acontecesse na estação de hidroterapia; bastava dizer algumas palavras para mostrar que eu suspeitava dele. Mas isso só faria com que ele adiasse o plano. Não. Comecei a acreditar que a única política possível seria a ousadia, de um jeito ou de outro preparar uma armadilha para ele. Se conseguisse induzi-lo a tentar tirar a vida dela da forma que eu escolhesse; bem, daí ele poderia ser desmascarado, e ela seria forçada a enxergar a verdade, por mais chocante que fosse."

– A senhora me deixa sem ar – disse o dr. Lloyd. – Que tipo de estratégia concebível poderia adotar?

– Teria encontrado uma; nunca tema – disse Miss Marple. – Mas o homem era esperto demais para mim. Não esperou. Pensava que eu poderia suspeitar, então atacou antes que eu pudesse ter certeza. Sabia que eu suspeitaria de um acidente. Então, transformou em um assassinato.

Ouviu-se um suspiro de assombro ao redor do círculo. Miss Marple assentiu e apertou os lábios de forma sombria.

– Receio que tenha feito a declaração de modo um tanto abrupto. Tentarei contar a vocês exatamente o que ocorreu. Fiquei muito amarga com relação a isso; me parece que eu deveria, de algum jeito, ter evitado o crime. Porém, sem dúvida nenhuma, a providência divina sempre sabe o que é melhor. Para todos os efeitos, fiz o que pude.

"Havia o que posso descrever apenas como uma sensação de mistério no ar. Parecia que algo estava pesando sobre nós todos. Um sentimento de infortúnio. Para começar, havia George, o porteiro. Estava lá há anos e conhecia todo mundo. Teve bronquite e pneumonia e morreu no quarto dia. Uma tristeza terrível. Um golpe para todo mundo. E ainda quatro dias antes do Natal. Depois, uma das camareiras, uma moça tão boazinha, teve um dedo infeccionado e morreu em 24 horas.

"Eu estava no salão com a srta. Trollope e a velha sra. Carpenter, e a sra. Carpenter estava sendo muito macabra, saboreando cada momento, sabem?

"'Lembrem das minhas palavras', disse ela. 'Não vai terminar por aí. Conhecem o ditado? Nunca duas sem uma terceira. Já comprovei isso repetidas vezes. Vai haver uma terceira morte. Sem dúvida nenhuma. E não vamos precisar esperar muito. Nunca duas sem uma terceira.'

"Enquanto ela dizia as últimas palavras, balançado o queixo e batendo as agulhas de tricô uma na outra, por acaso olhei para cima e lá estava o sr. Sanders, parado na entrada da porta. Por apenas um segundo ele havia baixado a guarda, e pude ver a expressão do rosto dele clara como o dia. Vou acreditar até o dia da minha morte que foi a morbidez das palavras da sra. Carpenter que plantou a ideia toda na cabeça dele. Pude ver os pensamentos revolvendo na mente daquele homem.

"Deu um passo e entrou na sala, sorrindo com seu jeito simpático.

"'Alguma compra de Natal que possa fazer pelas senhoras?', perguntou. 'Estou saindo para Keston agora mesmo.'

"Ficou ali por um ou dois minutos rindo e conversando, e então saiu. Como estou dizendo, eu estava perturbada e perguntei sem rodeios:

"'Onde está a sra. Sanders? Alguém sabe?'

"A sra. Trollope disse que ela havia saído com uns amigos, os Mortimer, para jogar bridge, e aquilo acalmou meus pensamentos por alguns instantes. Mas eu seguia muito preocupada e sem saber o que fazer. Quase meia hora mais tarde, subi para o meu quarto. Encontrei o dr. Coles, meu médico, descendo as escadas enquanto eu subia, e, como eu queria consultá-lo sobre meu reumatismo, fui com ele até o meu quarto na mesma hora. Me contou então (em segredo, ele disse) sobre a morte da pobre moça, Mary. O gerente não queria que a notícia se espalhasse, e o doutor perguntou então se eu poderia ser discreta. É claro que não disse a ele que todo mundo não falava em outra coisa desde o último suspiro da mocinha. Essas coisas sempre se espalham imediatamente, e um homem com a experiência dele deveria saber muito bem disso; mas o dr. Coles sempre fora um camarada simples e sem malícia, que acreditava no que queria acreditar, e foi justamente isso que me deixou alarmada no minuto seguinte. Disse, enquanto saía do quarto, que Sanders havia pedido para que ele examinasse a mulher dele. Parecia que ela não andava muito bem nos últimos dias... indigestão etc.

"Naquele mesmo dia Gladys Sanders havia me dito que tinha uma digestão maravilhosa e era muito agradecida por isso.

"Estão vendo? Todas as minhas suspeitas daquele homem retornaram multiplicadas por cem. Ele estava preparando o caminho, mas para quê? O dr. Coles saiu antes que eu pudesse decidir se falava com ele ou não, porém, se tivesse decidido falar, não saberia o que dizer. Quando saí do quarto, ele mesmo, Sanders, descia as escadas vindo do andar de cima. Estava vestido para sair e perguntou mais uma vez se poderia fazer algo por mim na cidade. Fiz o que podia no momento para ser civilizada com ele! Entrei direto na sala de estar e pedi um chá. Eram exatamente cinco e meia, eu me lembro.

"Estou muito ansiosa para explicar com detalhes o que aconteceu a seguir. Estava ainda na sala de estar às quinze para as sete quando o sr. Sanders chegou. Havia dois senhores com ele, e os três estavam propensos a ficar um pouquinho animados demais. O sr. Sanders deixou seus amigos e veio diretamente para onde eu estava sentada com a srta. Trollope. Explicou que queria nossa opinião sobre um presente de Natal que daria à esposa. Era uma bolsa para a noite.

"'E vejam, senhoras', disse ele. 'Sou um simples marinheiro rude. Que sei eu sobre essas coisas? Me enviaram três tipos para escolher e quero uma opinião especializada no assunto.'

"Dissemos, é claro, que adoraríamos ajudá-lo, e perguntou se nos importávamos de subir com ele, já que a esposa poderia chegar a qualquer momento e estragaria a surpresa se visse as coisas ali. Então subimos com ele. Jamais esquecerei o que aconteceu a seguir – ainda sinto meus dedinhos formigando.

"O sr. Sanders abriu a porta do quarto e acendeu a luz. Não sei quem de nós viu primeiro...

"A sra. Sanders estava deitada no chão com o rosto virado para baixo – morta.

"Cheguei até ela primeiro. Me ajoelhei, tomei sua mão e procurei o pulso, mas foi inútil, o braço em si estava frio e duro. Junto à cabeça dela havia um pé de meia cheio de areia – a arma com a qual havia sido golpeada. A srta. Trollope, tola que só ela, gemia e gemia perto da porta, segurando a cabeça. Sanders deu um grito dizendo 'Minha mulher, minha mulher!' e correu para ela. Não deixei que ele a tocasse. Vejam bem, estava certa naquela hora de que ele a havia matado e podia haver algo que ele quisesse tirar dali ou esconder.

"'Nada deve ser tocado', eu disse. 'Componha-se, sr. Sanders. Srta. Trollope, por favor, desça e chame o gerente.'

"Fiquei ali, ajoelhada junto ao corpo. Não iria deixar Sanders sozinho. E ainda assim, fui forçada a admitir que, se o homem estava encenando, era um ator maravilhoso. Parecia atordoado, desorientado e absolutamente aterrorizado.

"Rapidamente o gerente chegou. Fez uma inspeção rápida no quarto, então nos tirou todos dali e trancou a porta, levando a chave. Saiu e telefonou para a polícia. Demoraram tanto, que pareceu terem levado uma era para chegar (ficamos sabendo depois que a linha telefônica não estava funcionando). O gerente teve de enviar um mensageiro até a delegacia; a Hidro ficava nos arredores da cidade, na divisa com o campo. A sra. Carpenter nos indagou a todos muito inquisitiva. Estava muito satisfeita que sua profecia de 'nunca duas sem uma terceira' tinha se realizado tão depressa.

"Ouvi dizer que Sanders ficou vagando, segurando a cabeça com as mãos, murmurando e demonstrando todos os sinais de dor.

"Entretanto, a polícia enfim chegou. Subiram com o gerente e o sr. Sanders. Mais tarde me chamaram. Então subi. O inspetor estava lá, sentado à mesa, escrevendo. Era um homem de ar inteligente e gostei dele.

"'Srta. Jane Marple?', disse.

"'Sim.'

"'A senhorita estava presente quando o corpo da falecida foi encontrado?'

"Respondi que estava e descrevi exatamente o que havia ocorrido. Acho que foi um alívio para o pobre homem encontrar alguém que conseguia responder suas perguntas de forma coerente, tendo antes questionado Sanders e Emily Trollope que, suponho, estava completamente descomposta, e como não haveria de estar, a tola criatura! Lembro-me de minha querida mãe ensinando que uma mulher bem-nascida deveria sempre ser capaz de se controlar em público, não importando o quanto ela deixasse transparecer na esfera privada."

– Uma máxima admirável – disse Sir Henry, com seriedade.

– Quando concluí, o inspetor disse: "'Obrigado, madame. Agora receio que devo pedir que olhe o corpo apenas uma vez mais. É esta a posição exata na qual se encontrava quando vocês entraram no quarto? Não foi movido de forma alguma?"

"Expliquei que havia evitado que sr. Sanders assim fizesse, e o inspetor assentiu em sinal de aprovação.

"'O cavalheiro parece terrivelmente abalado', ele observou.

"'Parece de fato, sim', respondi.

"Não creio que tenha colocado qualquer ênfase especial na palavra 'parece', mas o inspetor me observou muito intensamente.

"'Então podemos concluir que o corpo está exatamente na mesma posição em que foi encontrado?', ele perguntou.

"'Exceto pelo chapéu, sim', respondi.

"O inspetor olhou para cima bruscamente.

"'O que quer dizer com... o chapéu?'

"Expliquei que o chapéu estivera antes na cabeça da pobre Gladys, enquanto agora se encontrava depositado ao seu lado. Pensei, é claro, que a polícia havia feito isso. O inspetor, no entanto, negou enfaticamente. Nada havia, até o momento, sido movido ou tocado. Ficou parado, olhando para a pobre figura virada para o chão, intrigado, com a testa franzida. Gladys estava vestida com suas roupas de sair, um grande casaco de tweed vermelho-escuro com uma gola de pelos cinza. O chapéu, uma peça barata de feltro vermelho, estava disposto ao lado da cabeça.

"O inspetor ficou mais alguns minutos parado em silêncio, franzindo o cenho. Então, uma ideia lhe ocorreu.

"'A senhora consegue, por um acaso, lembrar, madame, se ela tinha brincos nas orelhas, ou se a falecida costumava usar brincos?'

"Felizmente eu tenho o hábito de observar detalhes. Lembrei de ter visto um brilho de pérolas logo abaixo da aba do chapéu, embora no momento não tivesse dado nenhuma atenção especial a isso. Pude responder à primeira pergunta dele afirmativamente.

"'Isso resolve o caso. O porta-joias dela foi esvaziado; não que houvesse algo de muito valor, pelo que entendi; e os anéis foram retirados dos dedos. O assassino deve ter esquecido dos brincos, e voltou para pegá-los depois que o assassinato foi descoberto. Um freguês calculista! Ou talvez...' Ele olhou ao redor do quarto e disse devagar: 'Ele pode ter ficado escondido aqui no quarto... o tempo todo'.

"Mas rejeitei aquela ideia. Eu mesma, expliquei, havia olhado embaixo da cama. E o gerente havia aberto as portas do guarda-roupas. Não havia nenhum outro lugar onde um homem pudesse se esconder. É verdade que o compartimento de chapéus estava trancado no meio do guarda-roupas, mas, como era raso e com prateleiras, ninguém poderia se esconder ali.

"O inspetor movia a cabeça devagar enquanto eu explicava tudo aquilo.

"'Vou acreditar em sua palavra, madame', disse. 'Neste caso, como disse antes, ele deve ter retornado. Um freguês muito tranquilo.'

"'Mas o gerente trancou a porta e levou a chave!'

"'Isso não quer dizer nada. A sacada e a saída de incêndio – foi por ali que o ladrão veio. Ora, é mesmo possível que vocês tenham atrapalhado o trabalho dele. Ele se esgueira pela janela e, quando saem, ele retorna e continua de onde parou.'

"'Tem certeza', eu disse, 'de que há um ladrão?'

"Ele respondeu secamente:

"'Bem, é o que parece, não é mesmo?'

"Mas algo no tom dele me satisfez. Senti que ele não levaria tão a sério o sr. Sanders no papel do viúvo inconsolável.

"Vocês vejam, admito francamente: estava absolutamente dominada pelo conceito do que acredito que nossos vizinhos, os franceses, chamam de idée fixe. Sabia que aquele homem, Sanders, pretendia que sua mulher morresse. O que não dei abertura foi para aquela coisa fantástica e estranha chamada coincidência. Minha opinião sobre o sr. Sanders era – eu tinha certeza – absolutamente correta e verdadeira. O homem era um canalha. Mas, embora sua pretensão hipócrita à dor não tenha me enganado por um segundo sequer, recordo de ter sentido que a surpresa e a desorientação dele naquele momento haviam sido encenadas de forma brilhante. Pareciam absolutamente naturais, se entendem o que quero dizer. Devo admitir que, após minha conversa com o inspetor, um sentimento curioso de dúvida foi tomando conta de mim. Porque, se Sanders tivesse feito essa coisa horrível, eu não conseguia imaginar nenhuma razão concebível por que ele deveria se esgueirar de volta pela escada de incêndio e tirar os brincos das orelhas da esposa. Não teria sido uma coisa sensata, e Sanders era um homem bastante sensato – por esse motivo sempre o achei tão perigoso."

Miss Marple olhou ao redor examinando sua plateia.

– Talvez vocês compreendam aonde quero chegar. Tantas vezes, o inesperado é o que acontece neste mundo. Eu tinha tanta certeza, e isso me deixara cega. O resultado foi um choque para mim. Pois ficara provado, sem nenhuma margem de dúvida, que o sr. Sanders não poderia, de jeito nenhum, ter cometido aquele crime...

A sra. Bantry soltou um arquejo de surpresa. Miss Marple virou-se para ela.

– Sei bem, querida, que este não é o desfecho que esperava quando comecei a contar esta história. Tampouco era o que eu mesma esperava. Entretanto, fatos são fatos, e, se a pessoa demonstra estar errada, deve ter a humildade de recomeçar. Que o sr. Sanders no fundo era um assassino, eu sabia, e nada aconteceu depois que colocasse em dúvida essa minha convicção.

"Bem, imagino que vocês gostariam de saber quais eram os fatos em si. A sra. Sanders, como sabem, passara a tarde jogando bridge com alguns amigos, os Mortimer. Ela os deixara em torno das seis e quinze. Da casa daqueles amigos até a Hidro era uma caminhada de mais ou menos uns quinze minutos; talvez menos, se a pessoa estivesse apressada. Deve ter chegado, então, em torno das seis e meia. Ninguém a viu chegar, portanto deve ter entrado pela porta lateral e subido para o quarto. Lá, trocara de roupa (o casaco e a saia marrom-acinzentados que usara para o jogo de bridge estavam pendurados dentro do armário) e estava, é claro, se preparando para sair de novo quando fora golpeada. Muito possivelmente, dizem, sequer viu quem a acertou. O saco de areia, no meu entendimento, é uma arma muito eficiente. E tudo indica que os agressores estavam escondidos no quarto, talvez em um dos guarda-roupas grandes; aquele que ela não abrira.

"Agora, os movimentos do sr. Sandres. Saíra, como eu havia dito, em torno das cinco e meia ou pouco depois disso. Fez compras em alguns estabelecimentos e, em torno das seis da tarde, entrou no Grand Spa Hotel, onde encontrou dois amigos – com os quais retornaria mais tarde para a Hidro. Jogaram bilhar e, imagino, tomaram juntos alguns vários uísques com soda. Esses dois homens (Hitchcock e Spender eram os nomes deles) estiveram de fato com ele o tempo inteiro a partir das seis da tarde. Foram a pé com ele para a Hidro, e se separaram apenas quando ele encontrou a mim e a srta. Trollope. Aquilo, como relatei, fora em torno das quinze para as sete – momento em que sua esposa já deveria estar morta.

"Devo dizer que falei eu mesma com esses dois amigos dele. Não gostei dos dois. Não eram homens nem agradáveis nem cavalheirescos, mas fiquei bem certa de uma coisa: de que falavam a mais absoluta verdade quando diziam que Sanders estivera o tempo inteiro na companhia deles.

"Surge apenas um outro pequeno detalhe. Parece que, durante a partida de bridge, a sra. Sanders fora chamada ao telefone. Alguém chamado sr. Littleworth queria falar com ela. Ela parecera ao mesmo tempo animada e satisfeita com alguma coisa – e acidentalmente, cometeu um ou dois erros graves. Partiu bem mais cedo do que esperavam.

"Perguntaram ao sr. Sanders se ele conhecia o nome Littleworth como algum amigo de sua esposa, mas ele declarou que nunca havia ouvido falar de ninguém com aquele nome. E para mim isso é reforçado pela atitude da esposa; ela também não parecia reconhecer o nome Littleworth. No entanto, retornara do telefonema ruborizada e sorrindo, então parece que quem quer que tenha sido não dissera seu nome verdadeiro e isso, por si só, tem um aspecto suspeito, não tem?

"De todo modo, esse era o problema que restara. A história do ladrão, que parecia improvável – ou a teoria alternativa, segundo o qual sra. Sanders estaria se preparando para sair e encontrar alguém. Esse alguém teria chegado ao quarto dela pela saída de incêndio? Houve uma discussão? Ou ele traiçoeiramente a atacara?"

Miss Marple pausou.

– Bem? – disse Sir Henry. – Qual é a resposta?

– Estava me perguntando se algum de vocês seria capaz de adivinhar.

– Sempre fui péssima em adivinhações – disse a sra. Bantry. – É uma lástima que Sanders tivesse um álibi tão maravilhoso; mas, se a senhora estava satisfeita com ele, devia estar tudo certo.

Jane Helier moveu sua linda cabeça e fez uma pergunta.

– Por que o armário de chapéus estava trancado?

– Muito inteligente de sua parte, minha querida – disse Miss Marple, radiante. – Era isso mesmo que eu estivera me perguntando. Embora a explicação fosse bem simples. Lá dentro estavam um par de chinelos bordados e alguns lenços de bolso que a pobre moça estava bordando para o marido como presentes de Natal. Por isso trancara o armário. A chave fora encontrada na sua bolsa.

– Oh! – disse Jane. – Então no fim não era nada muito interessante.

– Oh! Mas é sim – disse Miss Marple. – É simplesmente a única coisa realmente interessante, o detalhe que botou abaixo todos os planos do assassino.

Todos olharam para a velhinha.

– Eu mesma não enxerguei isso por dois dias – disse Miss Marple. – Refleti e refleti; e então, de repente, lá estava, tudo claro. Fui até o inspetor e pedi que ele experimentasse fazer uma coisa, e ele aceitou.

– O que a senhora pediu que ele experimentasse?

– Pedi que experimentasse encaixar o chapéu na cabeça daquela pobre moça; e, é claro, não conseguiu. Não entrava. O chapéu não pertencia a ela, ora vejam.

A sra. Bantry olhou espantada.

– Mas estava na cabeça dela, para começo de conversa?

– Não na cabeça dela...

Miss Marple pausou por um instante para deixar que suas palavras fizessem efeito, e então prosseguiu.

– Nós supusemos que era o corpo da pobre Gladys ali; mas jamais examinamos o rosto. Ela estava de bruços, lembrem-se, e o chapéu escondia tudo.

– Mas ela foi assassinada?

– Sim, depois. No momento em que estávamos telefonando para a polícia, Gladys Sanders estava bem viva.

– Está querendo dizer que era alguém se fazendo passar por ela? Mas com certeza quando tocaram nela...

– Era um cadáver, isso é certo – disse Miss Marple com seriedade.

– Mas, que absurdo – disse o coronel Bantry –, não se pode dispor de cadáveres assim a torto e a direito. Que fim deram ao... ao primeiro cadáver depois?

– Ele colocou de volta – disse Miss Marple. – Era um plano perverso, mas muito inteligente. Fora nossa conversa na sala de estar que dera a ideia a ele. O corpo da pobre Mary, a criada; por que não usá-lo? Recordem que o quarto dos Sanders ficava lá em cima junto do alojamento dos empregados. O quarto de Mary era duas portas mais adiante.

Os coveiros não viriam antes de escurecer, ele estava contando com isso. Carregou o corpo pela sacada (estava escuro às cinco horas) e vestiu-o com um dos vestidos da esposa e o enorme casaco vermelho. Então descobriu que o armário dos chapéus estava trancado! Só havia uma coisa que poderia fazer. Apanhou um dos chapéus da pobre moça. Ninguém iria perceber. Depositou o saco de areia ao lado dela. Então saiu para estabelecer seu álibi.

"Telefonou para a esposa, se dizendo sr. Littleworth. Não sei o que disse a ela; era uma moça crédula, como já comentei antes. Mas conseguiu que ela saísse mais cedo do jogo de bridge e não retornasse à Hidro, e combinou de encontrar com ela no terreno da estação de águas, próximo a saída de incêndio, às sete horas. Provavelmente disse que tinha alguma surpresa para ela.

"Ela retorna à Hidro com os amigos e providencia para que a srta. Trollope e eu descubramos o crime junto com ele. Até finge que vai virar o corpo para cima, e eu o detenho! Então a polícia é chamada e ele sai cambaleando terreno afora.

"Ninguém pediu a ele um álibi para depois do crime. Encontra-se com a esposa, sobe com ela pela saída de incêndio, entram no quarto. Talvez tenha contado a ela alguma história sobre o corpo. Ela se abaixa sobre ele, o marido ergue o saco de areia e a golpeia... Oh, céus! Ainda hoje me causa nojo pensar nisso! Então, rapidamente, arranca o casaco e a saia dela, os pendura e veste nela as roupas do outro cadáver.

"Porém, o chapéu não entra. Mary tinha cabelos curtos; Gladys Sanders, como eu disse, tinha um coque enorme de cabelos. Ele é forçado a deixar o chapéu ao lado do corpo e espera que ninguém vá perceber. Então carrega o corpo da pobre Mary de volta ao quarto dela e o dispõe de forma digna mais uma vez."

– Parece incrível – disse o dr. Lloyd. – Os riscos que ele correu. A polícia poderia ter chegado antes da hora.

– O senhor lembra de que a linha não estava funcionando? – perguntou Miss Marple. – Aquilo foi obra dele. Não podia correr o risco de ter a polícia no local antes da hora. Quando finalmente chegaram, passaram um tempo no escritório do gerente antes de subirem até o quarto. Este era o ponto fraco do plano: o risco de alguém perceber a diferença entre um corpo que estivera morto por duas horas e um que estivera morto por pouco mais de meia hora; mas ele estava contando com o fato de que as pessoas que primeiro descobririam o crime não teriam conhecimento técnico.

Dr. Lloyd assentiu.

– Julgariam que o crime teria sido cometido em torno das quinze para as sete, ou por volta disso, imagino – disse ele. – E fora de fato cometido às sete, ou poucos minutos depois. Quando o médico da polícia fosse examinar o corpo, seria em torno das sete e meia, no mínimo. Ele não teria como saber.

– Sou eu quem mais deveria ter suspeitado – disse Miss Marple. – Pegara na mão da pobre menina, e ela estava gelada. E, pouco tempo depois, o inspetor falou como se o assassinato tivesse sido cometido logo antes de chegarmos ali; e não percebi nada!

– Acho que a senhora percebeu muita coisa, Miss Marple – disse Sir Henry. – Esse caso é de antes da minha época. Não lembro sequer de ter ouvido falar dele. O que aconteceu?

– Sanders foi enforcado – disse Miss Marple, firmemente. – Um trabalho bem feito. Jamais me arrependi da minha participação no caso levando aquele homem à justiça. Não tenho nenhuma paciência com esses escrúpulos humanitários modernos a respeito da pena capital.

Sua face endurecida suavizou-se.

– No entanto, com frequência me repreendi amargamente por ter falhado em salvar a vida daquela pobre moça. Mas quem teria dado ouvidos a uma velha tirando conclusões precipitadas? Bem, bem... quem sabe? Talvez tenha sido melhor para ela morrer enquanto ainda estava feliz do que teria sido seguir vivendo, infeliz e desiludida, num mundo que subitamente iria parecer tão inóspito. Amava aquele bandido e confiava nele. Ela nunca descobriu quem ele era de fato.

– Bem, então – disse Jane Helier –, ela ficou bem. Ficou melhor assim. Eu gostaria... – interrompeu-se.

Miss Marple olhou para a famosa, bela e bem-sucedida Jane Helier e assentiu de leve com a cabeça.

– Entendo, minha querida – disse ela muito delicada. – Entendo.

O caso do bangalô

— Lembrei de algo — disse Jane Helier.

Seu lindo rosto se iluminou com o sorriso confiante de uma criança esperando aprovação. Era o mesmo sorriso que mexia com as multidões todas as noites em Londres e que tinha rendido fortunas aos fotógrafos.

— Aconteceu — ela prosseguiu cautelosa — com uma amiga minha.

Todos emitiram ruídos encorajadores, mas levemente hipócritas. Coronel Bantry, sra. Bantry, Sir Henry Clithering, dr. Lloyd e a velha Miss Marple estavam convencidos de que a "amiga" de Jane era a própria Jane. Ela seria praticamente incapaz de lembrar ou ter interesse em qualquer coisa que afetasse qualquer outra pessoa.

— Minha amiga — continuou Jane — (não vou mencionar seu nome) era uma atriz; uma atriz muito conhecida.

Ninguém esboçou surpresa. Sir Henry Clithering pensou consigo mesmo: "Agora, quero só ver quantas frases ela vai conseguir dizer até esquecer a fachada de ficção e dizer 'eu' no lugar de 'ela'".

— Minha amiga estava fazendo uma turnê pela província; um ou dois anos atrás. Suponho que seja melhor não dizer o nome do lugar. Era uma cidadezinha na beira de um rio, não muito longe de Londres. Chamarei de...

Fez uma pausa, as sobrancelhas perplexas, imersas em pensamento. A simples invenção até mesmo de um nome qualquer parecia ser demais para ela. Sir Henry decidiu socorrê-la.

– Que tal chamarmos de Riverbury? – sugeriu de forma solene.

– Ah, sim, funciona esplendidamente. Riverbury, é fácil lembrar disso. Bem, como eu dizia, esta... amiga minha... estava em Riverbury com sua companhia, e uma coisa muito curiosa aconteceu.

Franziu as sobrancelhas mais uma vez.

– É muito difícil – disse ela, queixosa – dizer justamente o que se quer. A pessoa se confunde e pode falar as coisas na ordem errada.

– Está se saindo muito bem – disse o dr. Lloyd, encorajando-a. – Prossiga.

– Bem, essa coisa curiosa aconteceu. Minha amiga foi chamada à delegacia de polícia. E foi. Parecia que havia ocorrido um arrombamento em um bangalô à beira do rio e haviam prendido um jovem que contou uma história muito esquisita. Por isso a chamaram ali.

"Ela jamais havia estado em uma delegacia antes, mas foram muito gentis com ela; muito gentis de fato."

– Não poderia ser diferente, tenho certeza – disse Sir Henry.

– O sargento, acho que era um sargento, ou pode ter sido um inspetor, ofereceu a ela uma cadeira e explicou as coisas e, é claro, logo vi que se tratava de um engano...

"A-ha", pensou Sir Henry. "Eu. Aqui vamos nós. Bem como pensei."

– Contou minha amiga – continuou Jane, serenamente inconsciente de sua própria traição. – Explicou que estivera ensaiando com sua substituta no hotel e que jamais havia sequer ouvido falar nesse sr. Faulkener. Mas o sargento disse: "Srta. Hel...".

Parou e ficou ruborizada.

– Srta. Helman – sugeriu Sir Henry com uma piscadinha.

– Sim... sim, fica muito bem. Muito obrigada. Ele disse: "Bem, srta. Helman, pensei ter havido um engano sabendo que a senhorita está hospedada no Bridge Hotel", e ele perguntou se eu teria alguma objeção a confrontar... ou era de ser confrontada? Não me lembro.

– Na realidade, não faz diferença – disse Sir Henry, tranquilizando-a.

– De qualquer modo, encontrar com o tal rapaz. Então eu disse: "É claro que não". Eles o trouxeram e disseram: "Esta é a srta. Helier", e... Ah! – Jane interrompeu a história, boquiaberta.

— Tudo bem, querida — disse Miss Marple consolando-a. — Estávamos fadados a adivinhar, você sabe. E nem nos deu o nome do lugar ou qualquer outra coisa que seja realmente importante.

— Bem — disse Jane. — Tinha a intenção de contar como se tivesse se passado com outra pessoa, mas é difícil, não é mesmo? Quero dizer, é fácil de se confundir.

Todos a asseguraram de que era muito difícil. Então, mais calma e tranquilizada, ela prosseguiu com sua narrativa levemente embaralhada.

— Ele era um rapaz bem atraente; bastante atraente mesmo. Jovem, de cabelos avermelhados. O queixo dele caiu quando olhou para mim. E o sargento disse: "É esta a senhora?", e ele disse: "Não, de fato não é. Como fui idiota". Sorri para ele e falei que não tinha importância.

— Estou imaginando a cena — disse Sir Henry.

Jane Helier franziu a testa.

— Deixe-me ver... como seria melhor continuar?

— Talvez nos dizendo do que se trata, querida — disse Miss Marple com tanta doçura que ninguém jamais poderia suspeitar do fundo de ironia. — Digo, qual fora o engano do rapaz, e sobre o arrombamento.

— Ah, sim — disse Jane. — Bem, vejam, este rapaz, Leslie Faulkener era o nome dele, havia escrito uma peça. Havia escrito várias peças, na verdade, embora nenhuma delas tivesse sido produzida. E havia enviado este script em particular para eu ler. Eu não sabia de nada, porque, é claro, centenas de scripts são enviados para mim, e eu mesma leio pouquíssimos deles, apenas os que eu souber algo a respeito. De qualquer modo, lá estava, e parece que o sr. Faulkener havia recebido uma carta minha, que se revelou não ser de fato minha, vocês compreendem...

Fez uma pausa, e eles a asseguraram que estavam compreendendo.

– Dizendo que eu havia lido o script e gostado muito e que ele deveria vir conversar comigo. E dava o seguinte endereço: The Bungalow, Riverbury. Então, o sr. Faulkener estava inacreditavelmente feliz, fizera a viagem e chegara ao tal lugar, The Bungalow. A criada abriu a porta, ele perguntou pela srta. Helier, e ela respondeu que a srta. Helier estava esperando por ele e o levou até a sala de estar, onde uma mulher o recebeu. Ele a aceitou naturalmente como sendo eu, o que parece estranho porque, afinal, já tinha me visto atuar e as minhas fotografias são muito conhecidas, não são?

– Por toda a extensão e largura da Inglaterra – disse a sra. Bantry prontamente. – Mas muitas vezes há uma grande diferença entre uma fotografia e o original, minha querida Jane. E há uma grande diferença entre se estar banhada pelas luzes do palco e estar fora dele. Não são todas as atrizes que passam nesse teste tão bem quando você, lembre-se disso.

— Bem — disse Jane, sensibilizada —, isso pode até ser. De qualquer jeito, descreveu essa mulher como alta e clara, com enormes olhos azuis e muito bonita, então suponho que fosse um tanto parecida. Certamente ele não suspeitara de nada. Ela sentou e começou a falar do script dele e disse que estava ansiosa para estrear na peça. Enquanto conversavam, foram servidos coquetéis e o sr. Faulkener aceitou um, naturalmente. Bem, e isso é tudo de que ele lembra, de ter tomado o coquetel. Quando acordou, ou voltou a si, ou como quer que chamem isso, estava deitado na estrada, junto ao acostamento, claro, então não havia perigo de que fosse atropelado. Se sentiu muito trêmulo e esquisito, tanto foi assim que simplesmente levantou e foi cambaleando junto à estrada sem saber para onde estava indo. Disse que, se tivesse de posse dos seus sentidos, teria retornado ao The Bungalow e tentado descobrir o que havia se passado. Mas sentia-se entorpecido e desorientado e ficou caminhando sem saber direito o que estava fazendo. Estava quase voltando a si quando a polícia o prendeu.

— Por que a polícia o prendeu? — perguntou o dr. Lloyd.

— Eu não contei a vocês? — disse Jane, arregalando os olhos. — Que tonta que sou. O arrombamento.

– Você mencionou um arrombamento, mas não disse onde, nem como, nem por quê – disse a sra. Bantry.

– Bem, esse bangalô, no qual ele havia estado, é claro, não era mesmo meu. Pertencia a um homem cujo nome era...

Novamente, Jane apertou as sobrancelhas.

– Quer que eu dê uma de padrinho novamente? – perguntou Sir Henry. – Pseudônimos fornecidos sem ônus para o cliente. Descreva o ocupante e farei a nomeação.

– Era ocupado por um homem rico da cidade, um aristocrata.

– Sir Herman Cohen – sugeriu Sir Henry.

– Perfeito! Comprara a propriedade para uma mulher, era a esposa de um ator, e ela também era atriz.

– Chamaremos o ator de Claud Leason – disse Sir Henry –, e a mulher seria conhecida por seu nome artístico, suponho; portanto, vamos chamá-la de srta. Mary Kerr.

– Acho que o senhor é terrivelmente inteligente – disse Jane. – Não sei como consegue inventar essas coisas tão rápido. Bem, vejam, era um tipo de chalé de fim de semana para Sir Herman (o senhor disse Herman?) e a tal mulher. E claro que a esposa dele não sabia de nada.

– O que tão frequentemente é o caso – disse Sir Henry.

— E havia dado à tal atriz uma grande quantidade de joias, incluindo algumas esmeraldas muito valiosas.

— Ah! – disse o dr. Lloyd. – Agora estamos chegando ao ponto.

— Essas joias estavam no bangalô, trancadas apenas num porta-joias. A polícia disse que fora algo muito descuidado, qualquer um poderia ter roubado.

— Está vendo, Dolly? – disse o coronel Bantry. – O que é que eu sempre digo?

— Bem, na minha experiência – disse a sra. Bantry –, são sempre as pessoas tão terrivelmente cuidadosas que perdem as coisas. Não tranco as minhas num porta-joias, as mantenho soltas em uma gaveta, embaixo das minhas meias. Ousaria dizer que se... Qual o nome dela?... Mary Kerr tivesse feito o mesmo, jamais teriam sido roubadas.

— Teriam – disse Jane –, porque todas as gavetas foram abertas à força, e seu conteúdo espalhado por todo o lugar.

— Então não estavam realmente atrás de joias – disse a sra. Bantry. – Estavam procurando documentos secretos. Isso é o que sempre acontece nos livros.

— Não sei se estavam atrás de documentos secretos – disse Jane, duvidando. – Nunca ouvi nada sobre isso.

— Não se distraia, srta. Helier – disse o coronel Bantry. – As loucas pistas falsas plantadas por Dolly não devem ser levadas a sério.

– Sobre o arrombamento – disse Sir Henry.

– Sim. Bem, a polícia foi chamada por alguém se dizendo srta. Mary Kerr. Ela informou que o bangalô havia sido assaltado e descrevera um rapaz de cabelos ruivos que havia aparecido lá naquela manhã. A empregada achara que havia algo de estranho no rapaz e recusou a entrada dele, porém mais tarde o viram escapando por uma janela. Descrevera o homem com tamanha precisão que a polícia o prendeu uma hora depois, e então ele contou aquela história e mostrou a eles a carta escrita em meu nome. Como eu havia dito, mandaram me buscar, e quando ele me viu disse o que lhes contei, que não havia sido eu de jeito nenhum.

– Uma história muito curiosa – disse o dr. Lloyd. – O sr. Faulkener conhecia essa srta. Kerr?

– Não, não conhecia; ou disse não conhecer. Mas ainda não contei a parte mais intrigante. A polícia foi até o bangalô, é claro, e encontrou tudo conforme havia sido descrito: as gavetas puxadas para fora e as joias desaparecidas, mas a casa estava vazia. Só horas mais tarde, Mary Kerr voltou e, quando chegou à casa, disse que jamais havia chamado a polícia e que era a primeira vez que estava ouvindo falar do ocorrido. Parece que havia sido informada naquela manhã que um empresário ofereceu a ela um papel dos mais importantes e marcou uma reunião com ela, então naturalmente correu à cidade para chegar no horário. Quando chegou lá, descobriu que tudo não passava de um trote. Nenhum telegrama havia sido enviado.

– Um artifício bem comum para tirá-la do caminho – comentou Sir Henry. – E os criados?

– O mesmo tipo de coisa ocorrera ali. Havia apenas uma, que fora chamada ao telefone aparentemente pela própria Mary Kerr, que teria dito que havia esquecido algo muito importante. Instruíra a criada para levar uma certa bolsa que estava na gaveta no quarto. Era para ela tomar o primeiro trem. A criada assim o fez, é claro, trancando a casa; mas, quando chegou até o clube da srta. Kerr, onde fora instruída a encontrar a patroa, ficou esperando em vão.

– Hmm – fez Sir Henry. – Começo a vislumbrar. A casa fora deixada vazia, e para se entrar por uma das janelas não haveria dificuldade, imagino. Mas não estou enxergando onde entra o sr. Faulkener. Quem afinal chamou a polícia se não foi a srta. Kerr?

– Isso ninguém jamais soube ou descobriu.

– Interessante – disse Sir Henry. – O jovem revelou ser genuinamente quem ele dizia que era?

– Ah, sim, aquela parte estava toda correta. Até havia recebido a carta que supostamente teria sido enviada por mim. Não parecia nem um pouco com minha letra, mas, claro, ele não teria como saber disso.

– Bem, vamos estabelecer as posições com clareza – disse Sir Henry. – Me corrija se eu estiver errado. Senhora e criada são atraídas para fora da casa. O jovem é atraído para o local por uma carta enganosa, com o colorido adicional dado a este último detalhe pelo fato de que a senhorita estava de fato representando em Riverbury naquela semana. O jovem é drogado, e a polícia é chamada, direcionando as suspeitas contra ele. Um arrombamento de fato ocorrera. Presumo que as joias tenham sido levadas.

– Ah, sim.

– Chegaram a ser recuperadas em algum momento?

– Não, nunca. Acho, na verdade, que Sir Herman tentou abafar o caso como pôde. Mas não conseguiu segurar tudo, e imagino que a esposa tenha dado entrada com o processo de divórcio como consequência do escândalo. Embora eu não tenha certeza disso.

– O que aconteceu com o sr. Leslie Faulkener?

– No fim, ele foi liberado. A polícia disse que não tinha de fato muita coisa contra ele. Não acham tudo isso muito estranho?

– Muito estranho. A primeira pergunta é em qual história devemos acreditar? Ao contar, srta. Helier, percebi que a senhorita está inclinada a acreditar no sr. Faulkener.

Tem alguma razão para isso além de um instinto com relação à questão?

— Não, não — disse Jane, a contragosto. — Suponho que não tenha, mas ele era tão bonzinho, e se desculpou tanto por ter me confundido com outra pessoa, que tenho certeza de que ele tinha de estar falando a verdade.

— Entendo — disse Sir Henry, sorrindo. — Mas deve admitir que ele poderia ter inventado a história toda facilmente. Poderia ele mesmo ter escrito a carta se fazendo passar pela senhorita. Pode ter drogado a si próprio após ter efetuado o arrombamento com sucesso. Mas confesso que não entendo com que objetivo ele faria tudo isso. Seria mais fácil entrar na casa, se servir do que interessasse e desaparecer com discrição; a menos que ele tenha sido visto por alguém na vizinhança e tivesse consciência de que fora observado. Então poderia ter inventado esse plano na hora para desviar a atenção de si mesmo e explicar sua presença nos arredores.

— Ele estava bem de vida? — perguntou Miss Marple.

— Acho que não — disse Jane. — Não, acho até que ele tinha poucos recursos.

— A coisa toda parece curiosa — disse o dr. Lloyd. — Se aceitarmos a história do rapaz como verdadeira, o caso torna-se ainda mais difícil. Por que essa mulher desconhecida que fingira ser a srta. Helier iria arrastar um outro desconhecido para o esquema? Por que encenaria uma comédia tão elaborada?

– Diga-me, Jane – disse a sra. Bantry. – O jovem Faulkener alguma vez ficou cara a cara com Mary Kerr em alguma etapa da investigação?

– Não sei ao certo – disse Jane lentamente, enquanto movia as sobrancelhas num esforço de memória.

– Porque, se ele não ficou, o caso está resolvido! – disse a sra. Bantry. – Estou confiante de que estou certa. Há algo mais fácil do que fazer de conta que se é chamado para ir à cidade? Você telefona para sua criada de Paddington ou qualquer outra estação em que estiver e, quando ela chega na cidade, você retorna. O jovem chega para o horário marcado, ele é drogado, você monta o cenário do arrombamento, exagerando onde for possível. Telefona para a polícia, dá uma descrição do seu bode expiatório, e parte mais uma vez para a cidade. Então chega em casa no trem seguinte e se faz passar por surpresa e inocente.

– Mas por que ela roubaria as próprias joias, Dolly?

– Elas sempre fazem isso – disse a sra. Bantry. – E, de qualquer modo, consigo pensar em centenas de motivos. Talvez quisesse o dinheiro todo de uma vez e o velho Sir Herman não podia lhe dar em espécie, então finge que as joias foram roubadas e as vende secretamente. Ou pode ter sido chantageada por alguém que ameaçara revelar tudo para o marido dela ou para a esposa de Sir Herman. Ou talvez já tivesse vendido as joias e Sir Herman estivesse insistindo em vê-las, então ela teve de fazer algo a respeito. Isso é bastante usado nos livros. Ou talvez tivesse mandado refazer as peças e recebera imitações. Ou... aqui está uma ótima ideia... e poucas vezes usada na literatura: finge que são roubadas, fica num estado deplorável e, para consolá-la, ele a presenteia com um conjunto totalmente novo. Então ela fica com dois conjuntos de joias em vez de um só. Tenho certeza de que esse tipo de mulher é dos mais espantosamente ardilosos.

– É muito esperta, Dolly – disse Jane, admirando-a. – Eu nunca havia pensado nisso.

– Você pode ser inteligente, mas ela não está dizendo que está certa – disse o coronel Bantry. – Estou inclinado a suspeitar do cavalheiro da cidade. Ele saberia o tipo de telegrama que iria tirar a mulher do caminho, e poderia coordenar o resto com facilidade e a ajuda de alguma amiga. Ninguém parece ter pensado em pedir um álibi a ele.

– O que acha, Miss Marple? – perguntou Jane, voltando-se para a velhinha sentada em silêncio, com uma expressão intrigada.

– Minha querida, realmente não sei o que dizer. Sir Henry vai rir, mas não estou lembrando de nenhum paralelo do meu vilarejo para me ajudar desta vez. Claro que várias perguntas se insinuam. Por exemplo, a questão da criadagem. Em, digamos... um ménage irregular como o que descreve, a criada empregada ali estaria sem dúvida ciente do estado das coisas, e uma moça de muito boa índole jamais aceitaria trabalhar num lugar assim; a mãe dela não a deixaria ir por um segundo sequer. Então eu acho que podemos supor que a criada não era de caráter muito confiável. Poderia estar em conchavo com os ladrões. Deixaria a porta aberta para eles e de fato iria a Londres como se estivesse certa da pretensa mensagem telefônica de forma a desviar a suspeita de si mesma. Confesso que parece a solução mais provável. Só que, no caso de ladrões comuns estarem envolvidos, a história fica muito esquisita. Parece exigir mais conhecimento do que uma criada geralmente tem.

Miss Marple fez uma pausa e prosseguiu em tom vago:

– Não posso deixar de sentir que há um... bem, algo que devo descrever como um sentimento pessoal permeando tudo. Suponhamos que alguém tivesse um rancor, por exemplo. Uma jovem atriz que ele não tivesse tratado bem. Não acham que isso explicaria melhor as coisas? Uma tentativa deliberada de criar problemas para ele. É isso que me parece. E, mesmo assim, ainda não me é inteiramente satisfatório...

– Ora, doutor, ainda não falou nada – disse Jane. – Havia me esquecido do senhor.

– Estou sempre sendo esquecido – disse o médico grisalho com ar tristonho. – Devo ter uma personalidade muito apagada.

– Ah, não! – disse Jane. – Diga-nos o que pensa.

– Estou inclinada a concordar com as soluções de todos e, ao mesmo tempo, com nenhuma. Tenho uma teoria improvável e talvez errônea de que a esposa tem algo a ver com isso. A esposa de Sir Herman, melhor dizendo. Não tenho embasamento para acreditar nessa versão, apenas sei que ficariam todos surpresos se soubessem as coisas extraordinárias, realmente muito extraordinárias, que uma esposa enganada pode teimar em fazer.

– Oh, dr. Lloyd! – gritou Miss Marple animada. – Muito inteligente de sua parte. Eu nunca tinha pensado na pobre sra. Pebmarsh.

Jane ficou olhando para ela.

– Sra. Pebmarsh? Quem é a sra. Pebmarsh?

– Bem – hesitou Miss Marple. – Não sei se ela de fato se enquadra. É uma lavadeira. E roubou um alfinete de opala que estava preso em uma blusa e colocou na casa de uma outra mulher.

Jane aparentava estar mais perdida do que nunca.

– E isso torna tudo perfeitamente claro para a senhora, Miss Marple? – disse Sir Henry com sua piscadinha.

Mas, para surpresa dele, Miss Marple sacudiu a cabeça.

– Não, receio que não. Confesso que também estou completamente perdida. O que percebo é que as mulheres devem se apoiar; em uma emergência, deveríamos ficar do lado do nosso próprio sexo. Acho que essa é a moral da história que a srta. Helier nos contou.

– Confesso que esse significado ético do mistério me havia escapado – disse Sir Henry com seriedade. – Talvez eu veja o significado de seu argumento de uma forma mais clara quando a srta. Helier revelar a solução.

– Como? – expressou Jane aparentando assombro.

– Quis dizer que, em linguagem infantil, nós "desistimos". A senhorita, e apenas a senhorita, srta. Helier, teve a mais alta honra de apresentar um mistério tão desconcertante que até mesmo Miss Marple teve de confessar sua derrota.

– Vocês todos desistem? – perguntou Jane.

– Sim.

Depois de um minuto de silêncio durante o qual esperou que alguém falasse, Sir Henry se constituiu porta-voz uma vez mais.

– Isso é para dizer que nós seremos louvados ou cairemos agarrados nas soluções imperfeitas que experimentalmente oferecemos. Uma de cada um dos homens, duas de Miss Marple e em torno de uma dúzia da sra. B.

– Não foi uma dúzia – disse a sra. Bantry. – Eram

variações sobre um mesmo tema. E quantas vezes tenho de lhe dizer que não vou aceitar ser chamada de sra. B.?

– Então todos desistem – disse Jane, pensativa. – Isso é muito interessante.

Recostou-se na poltrona e começou a lixar as unhas de forma um tanto distraída.

– Bem – disse a sra. Bantry. – Vamos lá, Jane. Qual é a solução?

– A solução?

– Sim, o que realmente aconteceu?

Jane ficou olhando para ela.

– Não faço a mínima ideia.

– Como?

– Sempre me perguntei. Pensei que, todos sendo tão inteligentes, alguém saberia me explicar.

Todos ficaram contrariados. Tudo bem que Jane fosse tão linda, mas naquele momento todos sentiram que a burrice poderia ir longe demais. Mesmo a mais transcendente das graciosidades não poderia desculpar uma coisa dessas.

– Está dizendo que a verdade nunca foi descoberta? – perguntou Sir Henry.

– Não. Por isso, como eu disse, pensei que vocês seriam capazes de me dizer alguma coisa.

Jane parecia ferida. Estava claro que ela se sentia no direito de fazer uma reclamação.

– Bem... eu...eu... – tentou dizer o coronel Bantry, as palavras lhe escapando.

– Você é uma garota das mais irritantes, Jane – disse a esposa dele. – De qualquer modo, tenho e sempre terei certeza de que estava certa. Se apenas nos dissesse os nomes corretos das pessoas, eu poderia ter certeza o suficiente.

– Acho que não posso fazer isso – disse Jane bem devagar.

– Não, querida – disse Miss Marple. – A srta. Helier não poderia fazer isso.

– É claro que poderia – disse sra. Bantry. – Não seja tão altiva, Jane. Nós, os mais velhos, precisamos de um pouco de difamação. Ao menos nos diga quem era esse magnata da cidade.

Mas Jane balançou a cabeça, e Miss Marple, com seu jeito antiquado, continuou apoiando a garota.

– Deve ter sido uma função bem desagradável – disse.

– Não – disse Jane com sinceridade. – Acho... acho que na verdade me diverti com a história.

– Bem, talvez você tenha mesmo se divertido – disse Miss Marple. – Suponho que foi uma quebra na monotonia. Que peça que você estava representando?

– Smith.

– Ah, sim. É uma do sr. Somerset Maugham, não é? As peças dele são muito inteligentes, eu acho. Já vi quase todas.

– Estão renovando a montagem para fazer uma turnê no próximo outono, não estão? – perguntou a sra. Bantry.

Jane assentiu.

– Bem – disse Miss Marple levantando-se. – Está na hora de voltar para casa. Está tão tarde! Mas tivemos uma noite muito divertida. Um tanto quanto incomum. Acho que a história da srta. Helier ganha o prêmio. Não concordam?

– Sinto muito por estarem zangados comigo – disse Jane. – Por eu não saber o final, digo. Suponho que deveria ter avisado vocês antes.

O tom dela era melancólico. Dr. Lloyd, galante, tomou a atitude esperada.

– Minha cara jovem, e por que deveria? Nos deu um bom enigma para afiarmos nossas mentes. Apenas sinto muito que nenhum de nós foi capaz de resolvê-lo de forma convincente.

– Fale apenas pelo senhor – disse a sra. Bantry. – Eu resolvi sim. Estou convencida de que estou certa.

– Sabe que, de fato, acredito que a senhora está – disse Jane. – O que disse pareceu muito provável.

– A qual das sete soluções dela está se referindo? – perguntou Sir Henry para provocar.

Dr. Lloyd galantemente auxiliou Miss Marple a calçar as galochas. "Só para garantir", como a velhinha explicou. O médico iria acompanhá-la até sua cabana estilo medieval. Enrolada em vários xales de lã, Miss Marple mais uma vez desejou a todos uma boa noite. Chegou a Jane Helier por último e, inclinando-se para frente, murmurou algo no ouvido da atriz. Um "Oh!" de susto irrompeu dos lábios de Jane; tão alto que fez com que os outros virassem para olhar.

Sorrindo e assentindo, Miss Marple fez sua saída, e Jane Helier ficou olhando fixo para ela.

– Você não vai dormir, Jane? – perguntou a sra. Bantry. – O que há com você? Está perplexa como se tivesse visto um fantasma.

Com um suspiro profundo, Jane voltou a si, derramou um sorriso lindo e desconcertante para os dois homens e seguiu sua anfitriã escada acima. A sra. Bantry entrou no quarto com a moça.

– Seu fogo está quase apagado – disse a sra. Bantry, dando na lareira uma cutucada maldosa e nada eficaz. – Não devem ter feito o fogo direito. As criadas são tão ignorantes. Mesmo assim, suponho que ficamos até bem mais tarde hoje. Ora, já passa da uma hora!

– A senhora acha que existe muita gente como ela? – perguntou Jane Helier.

Estava sentada na lateral da cama aparentemente envolvida em pensamentos.

– Como a criada?

– Não, como aquela velhinha engraçada, qual o nome dela mesmo... Marple?

– Ah! Não sei. Suponho que seja um tipo bastante comum em vilarejos.

– Ai, ai – disse Jane. – Não sei o que fazer.

Deu um suspiro profundo.

– Qual é o problema?

– Estou preocupada.

– Com o quê?

– Dolly – Jane Helier estava admiravelmente solene. – Sabe o que aquela velhinha estranha sussurrou no meu ouvido antes de sair pela porta esta noite?

– Não. O quê?

– Ela disse: "Eu não faria isso se fosse você, minha querida. Nunca se ponha demais nas mãos de outra mulher, mesmo que pense que é sua amiga naquele momento". Sabe, Dolly, isso é bem verdade.

– A máxima? Sim, talvez seja. Mas não vejo ao que se aplica.

– Suponho que nunca se pode confiar em uma mulher. E eu estaria nas mãos dela. Nunca pensei nisso.

– De que mulher está falando?

– Netta Green, minha substituta.

– Mas que raios Miss Marple pode saber sobre sua substituta?

– Suponho que tenha adivinhado, mas não sei como.

– Jane, pode por gentileza me explicar de uma vez por todas do que é que está falando?

– Da história. A que contei. Dolly, aquela mulher, sabe, a que roubou o Claud de mim?

A sra. Bantry assentiu, fazendo sua mente viajar no tempo rapidamente para o primeiro dos casamentos infelizes de Jane, com Claud Averbury, o ator.

– Ela casou com ele; e eu poderia ter dito a ele como seria. Claud não sabe, mas ela continua tendo um caso com Sir Joseph Salmon; passa os fins de semana com ele no bangalô do qual falei. Eu queria expor aquela mulher; queria que todos soubessem que tipo de pessoa ela era. E a senhora vê, com o arrombamento, tudo estava fadado a se revelar.

– Jane! – assustou-se a sra. Bantry. – Foi você quem arquitetou essa história que estava nos contando?

Jane fez que sim.

– Foi por isso que escolhi Smith. Eu uso um uniforme de copeira no espetáculo, sabe. Então teria o kit bem à mão. E quando tivessem me mandado chamar na delegacia seria a coisa mais fácil do mundo dizer que estava ensaiando minha parte no hotel com minha substituta. Na verdade, é claro, estaríamos as duas no bangalô. Eu só tinha de abrir a porta e trazer os coquetéis, enquanto Netta se faria passar por mim. Ele nunca veria ela de novo, é claro, então não tinha por que temer que fosse reconhecê-la. Posso parecer bem diferente me transformando em criada e, além disso, ninguém olha para as criadas como se elas fossem gente. Planejamos arrastá-lo para a estrada depois, ensacar o porta-joias, telefonar para a polícia e voltar ao hotel. Eu não gostaria que o pobre jovem sofresse, mas Sir Henry não pareceu achar que ele fosse sofrer, pareceu? E ela estaria nos jornais e tudo – e Claud veria quem ela era de fato.

A sra. Bantry sentou-se e grunhiu.

– Ah! Pobre da minha cabeça. E por todo aquele tempo, Jane Helier, sua menina trapaceira! Nos contando aquela história do jeito que você fez!

– Eu sou uma boa atriz – disse Jane, complacente. – Sempre fui, não importa o que digam a meu respeito. Não me entreguei em nenhum momento, me entreguei?

– Miss Marple estava certa – murmurou a sra. Bantry. – O elemento pessoal. Jane, minha criança, você percebe que um roubo é um roubo e que pode ser mandada para a prisão?

– Bem, nenhum de vocês adivinhou – disse Jane. – Exceto Miss Marple – a expressão de preocupação retornando ao seu rosto. – Dolly, realmente acha que existe muita gente como ela?

– Francamente, não – disse a sra. Bantry.

Jane suspirou mais uma vez.

– Mesmo assim, melhor não arriscar. E, é claro, estaria nas mãos de Netta, isso é bem verdade. Ela pode se voltar contra mim ou me chantagear ou qualquer outra coisa. Me ajudou a planejar os detalhes e disse estar ao meu lado, mas nunca se sabe com mulheres. Não, acho que Miss Marple estava certa. É melhor não arriscar.

– Mas, minha querida, você já arriscou.

– Oh, não – Jane arregalou seus olhos azuis. – Não está entendendo? Nada disso aconteceu ainda! Eu estava... bem, testando primeiro com o cachorro, digamos.

– Não vou declarar que entendo seu jargão teatral – disse a sra. Bantry com dignidade. – Está dizendo que esse é um projeto futuro, não uma ação do passado?

– Planejava executá-lo no outono, em setembro. Não sei o que fazer agora.

– E Jane Marple adivinhou; na realidade, adivinhou a verdade e não nos disse nada – disse a sra. Bantry, irada.

– Acho que foi por isso que ela disse aquilo; sobre as mulheres ficando do lado umas das outras. Ela não iria me entregar frente aos homens. Foi muito gentil da parte dela. Não me importo que você saiba, Dolly.

– Bem, abandone essa ideia, Jane. Eu lhe imploro.

– Acho que sim – murmurou a srta. Helier. – Pode haver outras Misses Marple...

Morte por afogamento

I

Sir Henry Clithering, ex-comissário da Scotland Yard, estava hospedado na casa de amigos, os Bantry, próximo ao pequeno vilarejo de St. Mary Mead.

No sábado pela manhã, descendo para tomar o desjejum no agradável e convidativo horário das dez e quinze, quase colidiu com sua anfitriã, sra. Bantry, na entrada da sala do café. Ela estava saindo apressada da sala, num evidente estado de agitação e angústia.

O coronel Bantry estava sentado à mesa, sua face bem mais vermelha do que o habitual.

– Bom dia, Clithering – disse ele. – Faz um dia bonito. Sirva-se.

Sir Henry obedeceu. Enquanto ele foi sentando, com um prato de rins e bacon já disposto à sua frente, seu anfitrião continuou:

– Dolly está um pouco aborrecida esta manhã.

– Sim... bem... Foi o que pensei – disse Sir Henry educadamente.

Ficou um pouco curioso. A anfitriã costumava ter um temperamento sereno, sendo pouco dada a mudanças de humor ou agitação. Até onde Sir Henry sabia, só havia um assunto que evocava nela fortes convicções: jardinagem.

– Sim – disse o coronel Bantry. – Foi uma notícia que recebemos esta manhã que a deixou aborrecida. Uma garota do povoado, filha de Emmott; Emmot, que cuida do Blue Boar.

– Ah, sim, claro.

– Is-so – disse o coronel Bantry, ruminando os pensamentos. – Garota bonita. Se meteu em encrenca. A velha história de sempre. Até discuti com Dolly por causa disso. Bobagem minha. As mulheres nunca acham que faz sentido. Dolly estava toda indignada por causa da garota; sabe como são as mulheres... Os homens são uns brutos, e todo o resto etc. Mas não é tão simples assim, não hoje em dia. As meninas agora sabem o que querem. O camarada que seduz uma garota não é necessariamente um vilão. Meio a meio, quase sempre. Eu até gostava bastante do jovem Sandford. Está mais para jovem tolo do que para um Don Juan, eu diria.

– É esse Sandford o homem que deixou a moça encrencada?

– É o que parece. Claro que não sei pessoalmente de nada – disse o coronel, cauteloso. – É tudo conversa e fofoca. Sabe como é este lugar! Como eu disse, não sei de nada. E não sou como Dolly, que fica tirando conclusões precipitadas, atirando acusações para todos os lados. Droga, a gente tem de ser cuidadoso com o que diz. Sabe... o inquérito e tudo mais.

– Inquérito?

O coronel Bantry fitou-o.

– Sim. Não lhe falei? A garota se afogou. Esse é o motivo de todo o frege.

– Mas isso é uma coisa horrorosa – disse Sir Henry.

– Claro que é. Não gosto nem de pensar. Pobre e linda diabinha. Todo mundo diz que o pai dela é um sujeito duro. Imagino que ela tenha achado que não ia conseguir lidar com a situação.

Ele fez uma pausa.

– É isso que deixou Dolly tão aborrecida.

– Onde foi que ela se afogou?

– No rio. Logo abaixo do moinho a correnteza é bem forte. Há um caminho e uma ponte atravessando o rio. Acham que ela se jogou dali. Bem, bem... não vale a pena ficar pensando nisso.

E, fazendo um barulho portentoso, o coronel Bantry abriu o jornal e passou a distrair sua mente das questões dolorosas, absorvendo-se nas mais recentes iniquidades do governo.

Sir Henry estava apenas moderadamente interessado na tragédia do vilarejo. Depois do café da manhã, se acomodou em uma poltrona confortável no jardim, inclinou o chapéu sobre os olhos e ficou contemplando a vida tranquilamente.

Era em torno das onze e meia quando uma copeira jeitosa atravessou o gramado.

– Por favor, senhor, Miss Marple chegou e gostaria de vê-lo.

– Miss Marple?

Sir Henry sentou-se para frente e endireitou o chapéu. A menção do nome o surpreendeu. Lembrava-se muito bem de Miss Marple; seu suave e discreto jeito de solteirona de antigamente aliado a uma assombrosa perspicácia. Lembrou-se de uma dúzia de casos não resolvidos ou hipotéticos, e em cada um deles a típica "velha solteirona do povoado" havia se alçado certeira na direção da solução correta para o mistério. Sir Henry tinha um profundo respeito por Miss Marple. Ficou tentando imaginar por que ela teria vindo procurá-lo.

Miss Marple estava na sala de estar – sentada com as costas bem eretas como sempre, uma cesta de compras de origem estrangeira em cores alegres ao lado dela. Suas bochechas estavam bem rosadas, e ela parecia afobada.

– Sir Henry, que bom. Que sorte encontrar o senhor. Fiquei sabendo por acaso que estava hospedado aqui... Espero sinceramente que me perdoe...

– É um imenso prazer – disse Sir Henry, tomando a mão dela. – Receio que a sra. Bantry não esteja.

– Sim – disse Miss Marple. – A vi falando com Footit, o açougueiro, enquanto eu passava. Henry Footit foi atropelado ontem, era o cachorro dele. Um daqueles fox terrier de pelos macios, um tanto fortes e briguentos, que os açougueiros costumam ter.

– Sim – disse Sir Henry, sendo atencioso.

– Fiquei contente de chegar aqui e ela não estar em casa – continuou Miss Marple. – Pois era o senhor quem eu desejava ver. Sobre esse acontecimento triste.

– Henry Footit? – perguntou Sir Henry, levemente confuso.

Miss Marple lhe deu um olhar reprovador.

– Não, não. Rose Emmott, é claro. Está sabendo?

Sir Henry fez que sim.

– Bantry estava me contando. Muito triste.

Ficou um pouco intrigado. Não conseguia conceber por que Miss Marple deveria querer falar com ele sobre Rose Emmott.

Miss Marple sentou-se novamente. Sir Henry também sentou. Quando a velhinha falou, seu jeito havia mudado. Era grave e carregado de certa dignidade.

– Talvez recorde, Sir Henry, que em uma ou duas ocasiões participamos do que veio a ser uma espécie de jogo muito agradável. Propúnhamos mistérios e dávamos soluções. O senhor foi muito gentil ao dizer que eu... Que eu não havia me saído muito mal.

– A senhora ganhou de nós todos – disse Sir Henry de forma carinhosa. – Demonstrou uma genialidade absoluta em chegar até a verdade. E sempre dava o exemplo, recordo, de algum paralelo do povoado que lhe fornecia a pista exata.

Sorriu enquanto falava, embora Miss Marple não sorrisse. Ela permanecia muito séria.

– O que disse me encorajou a vir até o senhor agora. Sinto que, se eu lhe disser uma coisa, ao menos o senhor não vai rir de mim.

Ele compreendeu de repente que ela falava com sinceridade absoluta.

– Certamente, não rirei – disse ele gentilmente.

– Sir Henry... essa moça... Rose Emmott. Ela não se afogou sozinha; ela foi assassinada... E sei quem a matou.

Sir Henry ficou calado com o mais puro espanto por uns três segundos. A voz de Miss Marple estava perfeitamente calma e não continha nenhuma excitação. Foi como se ela estivesse fazendo a declaração mais corriqueira do mundo, pela total falta de emoção que demonstrou.

– É uma afirmação muito séria para se fazer, Miss Marple – disse Sir Henry quando recuperou seu fôlego.

Ela assentiu suavemente, balançando a cabeça por repetidas vezes.

– Eu sei... Eu sei... Por isso vim recorrer ao senhor.

– Mas, minha cara senhora, não sou a pessoa a quem deve recorrer. Hoje em dia, sou meramente um indivíduo privado. Se tiver conhecimento do que afirma saber, deve ir até a polícia.

– Acho que não posso fazer isso – disse Miss Marple.

– Mas por que não?

– Porque, entenda, não tenho nenhum, nada... do que chamou de conhecimento.

– Está dizendo que é apenas uma conjectura da sua parte?

– Pode chamar assim, se preferir, mas não é isso também. Eu sei. Na minha posição, eu sei; mas se explicar minhas razões para o inspetor Drewitt... Bem, ele vai simplesmente rir de mim. E, de fato, não sei se eu o culparia por isso. Costuma ser muito difícil de entender o que se poderia chamar de conhecimento especializado.

– Como por exemplo? – sugeriu Sir Henry.

Miss Marple sorriu um pouco.

– Se eu fosse lhe dizer que sei por causa de um homem chamado Peasegood*, que entregava nabos em vez

---

* O nome tem sonoridade similar a "ervilhas boas" em inglês. (N.T.)

de cenouras quando passava com o carrinho vendendo vegetais para minha sobrinha vários anos atrás...

Ela fez uma pausa eloquente.

– Um nome bastante apropriado para o tipo de negócio dele – murmurou Sir Henry. – Quer dizer que está apenas julgando a partir dos fatos de um acontecimento paralelo.

– Conheço a natureza humana – disse Miss Marple. – É impossível não conhecer a natureza humana tendo vivido em um povoado todos esses anos. A questão é: o senhor acredita em mim ou não?

Olhou para ele de modo bem direto. A intensidade do rubor havia aumentado nas bochechas dela. Seus olhos fitavam os dele firmemente, sem pestanejar.

Sir Henry era um homem com uma vasta experiência de vida. Tomava suas decisões rapidamente, sem fazer rodeios. Por mais improvável e fantástica que fosse a declaração de Miss Marple, estava instantaneamente consciente de tê-la aceito.

– Acredito sim na senhora, Miss Marple. Mas não entendo o que deseja que eu faça com relação à questão, ou por que veio até mim.

– Pensei muito sobre isso – disse Miss Marple. – Como eu disse, seria inútil ir até a polícia sem fatos. Não tenho nada factual. O que lhe peço é que se interesse pelo assunto; o inspetor Drewitt ficaria extremamente lisonjeado, tenho certeza. E, claro, se o assunto for adiante, o coronel Melchett, chefe de polícia, não tenho dúvidas, viraria massa de modelar nas suas mãos.

Olhou para ele suplicante.

– E que informações a senhora vai me passar para eu usar no meu trabalho?

– Pensei – disse Miss Marple – em escrever um nome, o nome, em um pedaço de papel e entregar ao senhor. Então, se, durante a investigação, decidir que a... a pessoa não está de modo algum envolvida, bem, terei de aceitar que estava completamente enganada.

Fez uma pausa e então acrescentou com um leve tremor:

– Seria tão tenebroso... tão imensamente tenebroso... se uma pessoa inocente acabasse sendo enforcada.

– Como assim? – perguntou Sir Henry, assustado.

Ela olhou para ele com uma expressão angustiada.

– Posso estar enganada; embora eu não acredite nisso. O inspetor Drewitt, entenda, é um homem de fato inteligente. Mas uma quantidade medíocre de inteligência é às vezes demasiado perigosa. A pessoa não chega a ir tão longe quanto deveria.

Sir Henry olhou para ela com curiosidade.

Um pouco desajeitada, Miss Marple abriu uma bolsinha, tirou um caderninho de notas, arrancou uma folha, cuidadosamente escreveu um nome ali e, dobrando ao meio, entregou para Sir Henry.

Ele abriu e leu o nome. Não representava nada para ele, mas suas sobrancelhas ergueram-se um pouco. Olhou para Miss Marple e enfiou o pedaço de papel no bolso.

– Bem, bem – disse. – Esta situação é um tanto extraordinária. Nunca fiz nada assim antes. Mas assim poderei confirmar minha opinião sobre a senhora, Miss Marple.

II

Sir Henry estava sentado em uma sala com o coronel Melchett, chefe de polícia do condado, e o inspetor Drewitt.

O chefe de polícia era um homem pequeno de conduta agressivamente militar. O inspetor era grande, largo e sensato como poucos.

– De fato sinto como se estivesse me metendo – disse Sir Henry com seu sorriso simpático. – Não posso realmente lhes dizer por que estou fazendo isso. (A mais pura verdade!)

– Meu caro companheiro, estamos encantados. É um enorme elogio.

– Honrados, Sir Henry – disse o inspetor.

O chefe de polícia estava pensando: "Morrendo de tédio, pobre camarada, na casa dos Bantry. O velho xingando o governo, e a velha balbuciando sobre bulbos".

O inspetor estava pensando: "Uma pena que não estamos lidando com um problema verdadeiramente complicado. Um dos melhores cérebros da Inglaterra, pelo que ouvi dizer. Pena que seja um caso tão tranquilo de resolver".

Em voz alta, o chefe de polícia disse:

— Receio que o caso seja muito sórdido e claro. A primeira ideia era de que a garota havia se atirado por vontade própria. Ela estava em estado interessante, o senhor entende. Não obstante, nosso médico, Haydock, é um sujeito cuidadoso. Percebeu os hematomas em cada um dos braços, na parte de cima. As marcas são anteriores à morte. Na posição onde um indivíduo poderia ter segurado a moça e a arremessado no rio.

— Isso exigiria muita força?

— Acredito que não. Não haveria resistência, a garota seria tomada de assalto. É uma ponte para pedestres feita de madeira escorregadia. Seria a coisa mais fácil do mundo atirá-la dali; não há corrimão daquele lado.

— Está confirmado que a tragédia ocorreu ali?

— Sim. Há um garoto, Jimmy Brown, de doze anos. Ele estava na floresta do outro lado. Ouviu uma espécie de grito vindo da ponte e o barulho de algo caindo na água. Foi bem na hora do entardecer, sabe, difícil ver alguma coisa. Em seguida, viu algo branco descendo o rio, flutuando na água; correu e conseguiu buscar ajuda. Retiraram a moça, mas já era tarde demais para reavivá-la.

Sir Henry assentiu com a cabeça.

– O garoto não viu ninguém na ponte?

– Não, mas como eu disse, foi no entardecer, e sempre há uma bruma naquela área. Vou perguntar se ele viu alguém logo depois ou antes da ocorrência. Entenda que ele naturalmente presumiu que a garota havia se atirado. Todos pensaram assim no início.

– Ainda assim, nós temos o bilhete – disse inspetor Drewitt. Ele voltou-se para Sir Henry. – O bilhete no bolso da garota morta, senhor. Ele foi escrito com um tipo de lápis artístico e, mesmo encharcado do jeito que estava o papel, conseguimos ler.

– E o que dizia?

– Era do jovem Sandford. "Tudo bem", assim dizia. "Encontro você na ponte às oito e meia. – R.S." Bem, e foi ali, bem perto das oito e meia, alguns minutos depois, que Jimmy Brown ouviu o grito e o estrondo na água.

– Não sei se o senhor já foi apresentado ao Sandford – continuou o coronel Melchett. – Faz mais um menos um mês que ele anda por aqui. Um desses jovens arquitetos modernos de hoje que constroem casas estranhas. Está fazendo uma casa para Allington. Só Deus sabe como vai ficar, cheia de novidades desnecessárias, garanto. Mesa de jantar de vidro e cadeiras cirúrgicas feitas de aço e trançados. Bem, isso não faz diferença alguma, mas mostra o tipo de camarada que o Sandford é. Revolucionário, sabe, sem moral.

– A sedução – disse Sir Henry com delicadeza – também é um crime há muito já estabelecido, embora não seja tão antigo, é claro, quanto o assassinato.

O coronel Melchett ficou olhando para ele.

– Sim – disse ele. – Justamente, justamente.

– Bem, Sir Henry – disse Drewitt –, aí está; um negócio feio, mas simples. Este jovem Sandford engravida a moça. E, então, só quer saber de se livrar da encrenca e voltar para Londres. Ele tem uma garota lá, uma jovem correta; está noivo e vai se casar com ela. Bem, naturalmente com este assunto aqui, se ela chega a ficar sabendo, o rapaz está frito, sem tirar nem pôr. Encontra Rose na ponte, é uma noite enevoada, ninguém por perto, a prende pelos braços e joga na água. Um jovem porco, que merece o que vai acontecer com ele. É a minha opinião.

Sir Henry ficou calado por um ou dois minutos. Percebeu um forte sentimento de preconceito local. Um arquiteto moderno não teria como se tornar popular na conservadora vila de St. Mary Mead.

– Não há dúvida, suponho, de que este homem, Sandford, era de fato o pai da criança que estava a caminho? – perguntou.

– É o pai, com certeza – disse Drewitt. – Rose Emmott confessou ao menos isso para o pai dela. Pensou que o arquiteto iria se casar com ela. Casar com ela! Logo ele!

"Ai de mim", pensou Sir Henry. "Parece que estou de volta em pleno melodrama vitoriano. A mocinha desavisada, o vilão de Londres, o pai severo, uma traição; só está faltando o pretendente fiel e apaixonado. Sim, acho que é o momento de perguntar sobre ele."

E em voz alta disse:

– E a mocinha, não tinha ela também um rapaz por aqui?

– Está se referindo a Joe Ellis? – disse o inspetor. – O bom camarada Joe. Carpintaria é o negócio dele. Ah! Se ela tivesse ficado firme com Joe...

O coronel Melchett balançou a cabeça em aprovação.

– Restrinja-se à sua própria classe – clamou ele.

– Como foi que Joe Ellis reagiu a esse romance? – perguntou Sir Henry.

– Ninguém sabe como é que ele estava lidando com isso – disse o inspetor. – É um sujeito quieto, esse Joe. Fechado. Tudo que Rose fez foi na frente dele. Ela fazia o que queria dele. Só esperava que um dia ela fosse voltar; esse era o posicionamento dele, eu acho.

– Gostaria de falar com esse rapaz – disse Sir Henry.

– Nós vamos investigá-lo – disse o coronel Melchett. – Não estamos negligenciando nenhuma linha de procedimento. Pensei em falarmos com Emmott primeiro, então Sandford, e então podemos seguir adiante e falar com Ellis. Fica bem, Clithering?

Sir Henry disse que ficaria admiravelmente bem para ele.

Encontraram Tom Emmott no Blue Boar. Era um homem grande e corpulento, de meia-idade, com olhar esquivo e mandíbula truculenta.

– Prazer em vê-los, senhores; bom dia, coronel. Entrem por aqui para termos mais privacidade. Posso oferecer alguma coisa aos senhores? Não? Como quiserem. Vieram por essa questão da pobre da minha filha. Ah! Era uma boa menina, a Rose era. Sempre uma boa menina... Até esse porco maldito, me perdoem, mas é o que ele é... Até ele aparecer. Prometeu casamento, prometeu. Mas vou botar ele na lei. Levou ela a fazer isso, levou sim. Porco assassino. Trazendo a desgraça sobre nós. Pobre da minha filhinha.

– Sua filha especificamente lhe contou que o sr. Sandford era o responsável pela condição dela? – perguntou Melchett, incisivo.

– Contou. Nesta mesma sala, ela contou.

– E o que disse a ela? – perguntou Sir Henry.

– Disse a ela? – o homem parecia momentaneamente pego de surpresa.

– Sim. Não ameaçou, por exemplo, botá-la para fora de casa?

– Estava um pouco aborrecido, o que é natural. Tenho certeza de que vão concordar que é natural. Mas, é claro, não botei ela para fora de casa. Não faria isso.

Foi tomado por uma indignação virtuosa.

– Não. Para que serve a lei, é o que digo. Para que serve a lei? Ele tinha que fazer o que é direito com ela. E se não fez, por Deus, tem que pagar.

Bateu com o punho na mesa.

– Quando foi a última vez que viu sua filha? – perguntou Melchett.

– Ontem, na hora do chá.

– Como ela estava se comportando?

– Bem, como de costume. Não percebi nada. Se eu soubesse...

– Mas não sabia – disse o inspetor de modo seco.

Eles saíram.

– Emmott mal consegue criar uma impressão favorável – disse Sir Henry, pensativo.

– Um pouco maldoso – disse Melchett. – Teria sangrado o Sandford, é certo, se tivesse tido a chance.

A próxima visita foi ao arquiteto. Rex Sandford não era nada parecido com a imagem mental que Sir Henry havia inconscientemente formado dele. Era um homem jovem e alto, muito claro e muito magro. Os olhos eram azuis e sonhadores, o cabelo desalinhado e um tanto comprido demais. Seu modo de falar era um pouco feminino demais.

O coronel Melchett apresentou a si e aos companheiros. Então, passando direto ao objetivo da visita, convidou o arquiteto para fazer uma declaração sobre seus movimentos na noite anterior.

– O senhor entende – ele disse advertindo o rapaz. – Não tenho o poder de forçá-lo a fazer uma declaração, e qualquer declaração que fizer pode ser usada como prova contra o senhor. Quero que isso fique bem claro para o senhor.

– Não... não estou entendendo – disse Sandford.

– Entende que a garota Rose Emmott foi afogada ontem à noite?

– Eu sei. Ah! É muito, muito doloroso. De fato, não pisquei o olho a noite inteira. Não consegui trabalhar em nada o dia todo. Me sinto responsável... terrivelmente responsável.

Passou as mãos pelos cabelos, deixando-os ainda mais descabelados.

— Nunca tive a intenção de causar nenhum mal – disse ele, lamentando-se. – Jamais pensei. Jamais imaginei que ela fosse interpretar daquela forma.

Sentou-se à mesa e enterrou a face nas mãos.

— Estou entendendo o que diz, sr. Sandford. O senhor se recusa a fazer uma declaração de onde esteve ontem à noite às oito e meia?

— Não, não, certamente não. Eu saí. Fui dar uma caminhada.

— Foi encontrar a srta. Emmott?

— Não, fui sozinho pela floresta. Um longo percurso.

— Então como explica este bilhete, senhor, que foi encontrado no bolso da garota morta?

E o inspetor Drewitt leu a nota em voz alta sem nenhuma emoção.

— Agora, senhor – concluiu. – O senhor nega que escreveu isso?

— Não, não. Estão certos. Escrevi, sim. Rose me pediu para encontrá-la. Insistiu. Eu não sabia o que fazer. Então escrevi o bilhete.

— Ah, assim é melhor – disse o inspetor.

— Mas não fui! – a voz de Sandford ficou aguda e agitada. – Eu não fui! Achei que seria bem melhor não ir. Estava retornando à cidade amanhã. Achei que seria melhor não... não encontrar com ela. Tinha a intenção de escrever de Londres e... e fazer... alguns arranjos.

– Está ciente, senhor, de que essa garota ia ter um filho, e que ela havia dito que o senhor era o pai?

Sandford resmungou, mas não respondeu.

– A declaração é verdadeira, senhor?

Sandford enterrou ainda mais o rosto.

– Suponho que sim – disse ele, numa voz abafada.

– Ah! O inspetor Drewitt não conseguia esconder sua satisfação. – E agora sobre essa sua "caminhada". Alguém o viu ontem à noite?

– Não sei. Acho que não. Até onde eu me lembre, não encontrei ninguém.

– É uma pena.

– O que quer dizer? – Sandford o fitava perturbado. – Que diferença faz se eu estava fazendo uma caminhada ou não? No que isso altera o fato de Rose ter se afogado no rio?

– Ah! – disse o inspetor. – O senhor vê, ela não se afogou. Ela foi jogada no rio deliberadamente, sr. Sandford.

– Ela foi – ele levou um minuto ou dois para absorver todo o horror do fato. – Meu Deus! Então...

Caiu sobre uma cadeira.

O coronel Melchett fez menção de se retirar.

– Compreende, Sandford – disse ele –, que não pode se ausentar desta casa de modo nenhum?

Os três homens saíram juntos. O inspetor e o chefe de polícia trocaram olhares.

– É o suficiente, eu acho, senhor – disse o inspetor.

– Sim. Consiga o mandado e mande prender.

– Desculpem-me – disse Sir Henry. – Esqueci minhas luvas.

Ele entrou de novo na casa rapidamente. Sandford estava sentado como o haviam deixado, olhando aturdido para a frente.

– Voltei – disse Sir Henry – para lhe dizer que, pessoalmente, estou ansioso para fazer tudo que puder para lhe ajudar. O motivo do meu interesse não tenho a liberdade de lhe confidenciar. Mas peço que, por favor, me conte o mais rapidamente possível exatamente o que aconteceu entre você e essa garota, Rose.

– Ela era muito bonita – disse Sandford. – Muito bonita e muito atraente. E... fez de mim um alvo. Perante Deus, juro que é verdade. Não me deixava em paz. E aqui era solitário, ninguém gostava muito de mim, e... e... Como eu disse, ela era incrivelmente bonita e parecia conhecer as coisas daqui e tudo mais – a voz dele definhou. Olhou para cima. – E então isso aconteceu. Ela queria que me casasse com ela. Não sabia o que fazer. Estou noivo de uma garota em Londres. Se algum dia ela ficar sabendo disso... e ela vai, é claro... bem, acabou tudo. Ela não vai entender. Como poderia? E eu sou um imprestável, é claro. Como disse, não sabia o que fazer. Evitei encontrar Rose novamente. Pensei que voltaria para a cidade, veria meu advogado, faria algum arranjo com relação a dinheiro para ela, enfim. Deus, como fui idiota! E está tudo tão claro... o caso contra mim. Mas eles estão enganados. Ela tem de ter se jogado sozinha.

– Ela alguma vez ameaçou tirar a própria vida?

Sandford balançou a cabeça.

– Nunca. Não poderia dizer que ela é do tipo.

– O que sabe sobre um homem chamado Joe Ellis?

– O camarada carpinteiro? O personagem típico de um povoado. Camarada fastidioso, mas louco pela Rose.

– Ele pode ter ficado com ciúmes? – sugeriu Sir Henry.

– Suponho que ficou um pouco; mas é do tipo bovino. Sofreria em silêncio.

– Bem – disse Sir Henry. – Preciso ir.

Juntou-se aos outros.

– Sabe, Melchett – disse –, acho que devemos dar uma olhada nesse outro sujeito, Ellis, antes de tomarmos qualquer atitude drástica. Seria uma pena efetuar uma prisão que depois se revelaria um engano. Afinal, ciúme é um bom motivo para um assassinato, e também um dos mais comuns.

– Isso é bem verdade – disse o inspetor. – Mas Joe Ellis não é desse tipo. Não machucaria uma mosca. Ora, ninguém nunca o viu perder a cabeça. Mesmo assim, concordo, melhor simplesmente perguntar onde ele estava ontem à noite. Deve estar em casa agora. Mora com a sra. Bartlett, uma alma muito decente, viúva, lava roupa para fora.

A pequena cabana para onde se dirigiram era impecavelmente limpa e arrumada. Uma mulher robusta de meia-idade abriu a porta para eles. Ela tinha um rosto simpático e olhos azuis.

– Bom dia, sra. Bartlett – disse o inspetor. – Joe Ellis está?

– Chegou não faz dez minutos – disse a sra. Bartlett. – Passem, vão entrando, por favor, senhores.

Limpando as mãos no avental, ela os levou até uma saleta na parte da frente com pássaros empalhados, cachorros de porcelana, um sofá e vários móveis inúteis.

Apressadamente, ela arranjou cadeiras para sentarem, arrastou uma estante inteira com o corpo para dar mais espaço e saiu chamando:

– Joe, tem três cavalheiros aqui querendo falar com você.

Uma voz vinda da cozinha dos fundos respondeu:

– Vou assim que tiver terminado de me limpar.

A sra. Bartlett sorriu.

– Entre, sra. Bartlett – disse o coronel Melchett. – Sente-se.

– Não, senhor, não posso nem pensar nisso.

A sra. Bartlett ficara chocada com a ideia.

– Acha Joe Ellis um bom inquilino? – perguntou Melchett num tom aparentemente desinteressado.

– Não poderia ter um melhor, senhor. Um rapaz jovem verdadeiramente firme. Jamais encosta numa gota de bebida. Se orgulha do trabalho. E sempre gentil e prestativo nas coisas da casa. Ele instalou aquelas prateleiras para mim, e consertou um armário novo na cozinha. E qualquer coisinha que precisa de uma mãozinha na casa, ora, Joe faz tranquilamente, e mal aceita agradecimentos pelo seu esforço. Ah! Não existem muitos rapazes como o Joe, senhor.

– Alguma garota vai ser muito sortuda um dia – disse Melchett de modo descuidado. – Ele era bastante interessado naquela pobre moça, Rose Emmott, não era?

A sra. Bartlett suspirou.

– Chegou a me cansar, foi sim. Ele idolatrando o chão que ela pisava e ela não dando a menor atenção para ele.

– Onde o Joe passa as noites, sra. Bartlett?

– Geralmente aqui, senhor. Faz um pouco de trabalho aqui e ali à noite algumas vezes, e está tentando aprender contabilidade por correspondência.

– Ah! É mesmo. Ele estava aqui ontem à noite?

– Sim, senhor.

– Tem certeza, sra. Bartlett? – perguntou Sir Henry, rigoroso.

Ela virou para ele.

– Bastante certeza, senhor.

– Ele não saiu, por exemplo, em algum momento entre oito e oito e meia?

– Ah, não. – A sra. Bartlett riu. – Estava consertando o armário da cozinha para mim quase a noite inteira, e eu estava ajudando.

Sir Henry olhou para o rosto sorridente e confiante dela e teve a primeira pontada de dúvida.

No momento seguinte, o próprio Ellis entrou na sala.

Era um homem jovem, alto, de ombros largos, muito bonito embora um pouco rústico. Tinha olhos tímidos e azuis e um sorriso alegre. No conjunto, um amável e jovem gigante.

Melchett deu início à conversa. A sra. Bartlett se retirou para a cozinha.

– Estamos investigando a morte de Rose Emmott. Você a conhecia, Ellis?

– Sim. – Hesitou, então balbuciou: – Esperava me casar com ela um dia. Pobre rapariga.

– Ouviu falar da condição em que se encontrava?

– Sim – uma fagulha de ira apareceu em seus olhos. – Ele desapontou ela, desapontou mesmo. Mas foi melhor.

Ela não teria sido feliz casada com ele. Pensei que ela viria me procurar quando isso aconteceu. Eu teria cuidado dela.

– Apesar da...

– Não foi culpa dela. Ele desencaminhou ela com lindas promessas e tudo. Ela me contou. Ela não devia ter se afogado. Ele não valia a pena.

– Onde você estava, Ellis, na noite passada, às oito e meia?

Fora imaginação de Henry ou havia mesmo uma sombra de constrangimento na resposta já pronta, quase pronta demais?

– Estava aqui. Consertando uma estante na cozinha para a sra. B. Pergunte pra ela. Ela vai dizer.

"Ele foi rápido demais para dizer isso", pensou Sir Henry. "Ele é um homem de pensamento lento. A explicação surgiu em um momento tão oportuno que suspeito que a tenha preparado com antecedência."

Então disse a si mesmo que era apenas imaginação. Estava imaginando coisas, sim, até mesmo imaginando um brilho apreensivo naqueles olhos azuis.

Algumas perguntas e respostas mais, e eles saíram. Sir Henry inventou uma desculpa para ir até a cozinha. A sra. Bartlett estava ocupada no fogão. Olhou para cima com um sorriso simpático. Um novo aparador estava preso na parede. Não estava bem concluído. Algumas ferramentas e alguns pedaços de madeira estavam espalhados.

– É nisto que Ellis estava trabalhando ontem à noite? – perguntou Sir Henry.

– Sim, senhor, é um trabalho bem feito, não? Ele é um bom carpinteiro, Joe, é sim.

Nenhum brilho apreensivo no olhar, nenhum constrangimento,

Mas Ellis, teria ele imaginado? Não, havia alguma coisa ali.

"Preciso agarrá-lo", pensou Sir Henry.

Virando-se para sair da cozinha, deu um encontrão em um carrinho de bebê.

– Espero não ter acordado o bebê – disse ele.

O riso da sra. Bartlett chegou a ecoar.

– Ah, não, senhor. Não tenho filhos; uma pena mesmo. É aí que levo as roupas que são lavadas.

– Ah! Entendo...

Fez uma pausa e então falou num impulso:

– Sra. Bartlett, a senhora conhecia Rose Emmott. Diga o que de fato achava dela.

Ela o fitou com curiosidade.

– Bem, senhor, achava que ela era leviana. Mas está morta... E não gosto de falar mal dos mortos.

– Mas eu tenho um motivo... um bom motivo para perguntar.

Ele falou de modo persuasivo.

Ela pareceu considerar, estudando-o com atenção. Finalmente se decidiu.

– Ela não prestava, senhor – disse baixinho. – Não diria isso na frente de Joe. Ela enganou ele bem direitinho. Aquele tipo é capaz... uma pena mesmo. O senhor sabe como é, senhor.

Sim, Sir Henry sabia. Os Joe Ellis do mundo eram particularmente vulneráveis. Confiavam de olhos fechados. Mas, por esse exato motivo, o choque da descoberta poderia ser ainda maior.

Deixou a cabana desorientado e perplexo. Estava de frente a uma parede em branco, sem saída. Joe Ellis estivera trabalhando dentro de casa durante toda a noite anterior. A sra. Bartlett de fato estivera lá observando-o. Como é que alguém poderia contornar a situação? Não havia nada acusando o contrário; exceto, talvez, aquela prontidão suspeita ao responder por parte de Joe Ellis, que sugeria uma história já preparada.

– Bem – disse Melchett –, parece que a visita ajudou a deixar a questão bem clara, hein?

– Deixou sim, senhor – concordou o inspetor. – Sandford é o nosso homem. Não tem onde se sustentar. O fato é claro como o dia. Sou da opinião de que a garota e o pai estavam planejando... bem... praticamente fazer uma chantagem. Que se saiba ele não tem dinheiro; não queria que o assunto chegasse aos ouvidos da sua noivinha. Estava desesperado e agiu de acordo. O que diz, senhor? – acrescentou, dirigindo-se a Sir Henry com deferência.

– Aparentemente, é isso – admitiu Sir Henry. – Ainda assim, eu mal consigo imaginar Sandford cometendo qualquer ação violenta.

Mas tinha noção, enquanto falava, de que aquela objeção dificilmente seria válida. O mais manso dos animais, quando encurralado, era capaz de feitos inacreditáveis.

– Contudo, gostaria de falar com o menino – interrompeu. – Aquele que ouviu o grito.

Jimmy Brown demonstrou ser um garoto inteligente, um tanto pequeno para a idade, com uma expressão sagaz, bastante astuta. Estava ansioso para ser questionado e ficou um tanto desapontado quando decidiram verificar sua narrativa dramática do que ouvira na noite fatídica.

– Estava do lado de lá da ponte, assim entendo – disse Sir Henry. – Do lado oposto da vila, cruzando o rio. Viu alguém daquele lado quando estava chegando na ponte?

– Havia alguém subindo pela floresta. Sr. Sandford. Eu acho que era o cavalheiro da arquitetura que está construindo aquela casa esquisita.

Os três homens se entreolharam.

– Isso foi uns dez minutos antes, mais ou menos, de você ter escutado o grito?

O garoto assentiu.

– Viu alguém mais, do lado do rio onde fica a vila?

– Um homem estava vindo pelo caminho daquele lado. Ia devagar e assoviando, ele ia. Podia ser Joe Ellis.

– Você não teria como ver direito quem era – disse o inspetor rispidamente. – Por conta do nevoeiro e da noite caindo.

– É por conta do assovio – disse o garoto. – Joe Ellis sempre assovia a mesma música, "I wanner be happy". É a única música que ele sabe.

Falou com o mesmo desdém que o modernista demonstra por algo antiquado.

– Qualquer um pode assoviar uma música – disse Melchett. – Ele estava indo na direção da ponte?

– Não. Outro lado... para vila.

– Não acho que devemos nos preocupar com esse homem desconhecido – disse Melchett. – Você ouviu o grito e o barulho na água e alguns minutos depois viu o corpo descendo o rio e correu para buscar ajuda, voltando até a ponte, atravessando e indo direto para a vila. Não viu ninguém próximo da ponte enquanto corria para buscar ajuda?

– Acho que vi dois homens com um carrinho de mão no caminho que vai para o rio; mas estavam a uma boa distância, e eu não sei dizer se estavam indo ou vindo, e a casa do sr. Gile era a mais próxima, então corri para lá.

– Fez muito bem, meu garoto – disse Melchett. – Agiu de modo muito honroso e com presença de espírito. É escoteiro, não é?

– Sim, senhor.

– Muito bom. Muito bom mesmo.

Sir Henry estava em silêncio, pensando. Tirou a folhinha de papel do bolso, olhou, balançou a cabeça. Não parecia possível... e ainda assim...

Ele decidiu fazer uma visita a Miss Marple.

Ela o recebeu em sua encantadora, levemente abarrotada e antiquada sala de estar.

– Vim lhe informar dos meus progressos – disse Sir Henry. – Receio que do nosso ponto de vista as coisas não estão indo bem. Vão mandar prender Sandford. E devo admitir que tem fundamento.

– Não encontrou nada que... como devo dizer... que apoiasse minha teoria, então? – ela parecia perplexa, ansiosa. – Talvez eu esteja enganada, muito enganada. O senhor tem tanta experiência, certamente encontraria algo se fosse o caso.

– Em primeiro lugar – disse Sir Henry –, mal consigo

acreditar na hipótese. E depois, nos deparamos com um álibi inquebrantável. Joe Ellis estava consertando as prateleiras na cozinha por toda a noite e a sra. Bartlett estava observando o trabalho dele.

Miss Marple se inclinou para frente e inspirou.

– Mas não pode ser – disse ela. – Era sexta-feira à noite.

– Sexta-feira?

– Sim, sexta à noite. Nas noites de sexta-feira a sra. Bartlett leva as roupas que lavou e faz as entregas para as pessoas.

Sir Henry encostou-se na cadeira. Lembrou da história do garoto Jimmy, sobre o homem assoviando e... sim... tudo se encaixava.

Levantou-se e tomou calorosamente a mão de Miss Marple.

– Acho que posso achar a saída – disse. – Ao menos posso tentar...

Cinco minutos depois ele estava de volta à cabana da sra. Bartlett, encarando Joe Ellis na saleta entre os cachorros de porcelana.

– Mentiu para nós, Ellis, sobre ontem à noite – falou com rispidez. – Não estava na cozinha aqui consertando o aparador entre oito e oito e meia. Foi visto caminhando ao longo do rio em direção à ponte alguns minutos antes de Rose Emmott ser assassinada.

O homem ficou sem ar.

– Ela não foi assassinada... não foi. Não tive nada a ver com isso. Ela se jogou, se jogou. Ela estava desesperada. Eu não faria mal a um fio de cabelo dela, não faria.

– Então por que mentiu sobre onde esteve? – perguntou Sir Henry, ansioso.

O homem desviou e abaixou o olhar, desconfortável.

– Tive medo. A sra. B. me viu por lá e, quando ficamos sabendo logo em seguida o que tinha acontecido, bem, ela pensou que poderia ficar ruim para mim. Inventei que iria dizer que estava trabalhando aqui, e ela concordou em me apoiar. Ela é uma pessoa rara, é sim. Sempre foi boa comigo.

Sem dizer uma palavra, Sir Henry deixou a sala e foi até a cozinha. A sra. Bartlett estava se lavando na pia.

– Sra. Bartlett – disse –, eu sei de tudo. Acho que seria melhor a senhora confessar; quer dizer, a menos que queira que Joe Ellis seja enforcado por algo que não fez... Não. Estou vendo que a senhora não deseja isso. Vou lhe dizer o que aconteceu. Havia saído para entregar as roupas. Encontrou Rose Emmott. A senhora pensava que ela havia enganado Joe e agora estava se relacionando com aquele forasteiro. Agora ela estava grávida, e Joe estava preparado para socorrê-la, casar com ela se fosse necessário e se ela quisesse. Ele morou na sua casa por quatro anos. Apaixonou-se por ele. Queria ele para si. Odiava aquela garota; não conseguia suportar a ideia de que aquela vadiazinha sem valor iria roubar o seu homem. É uma mulher forte, sra. Bartlett. Pegou a menina pelos ombros e a empurrou para a correnteza. Alguns minutos depois, encontrou Joe Ellis. O garoto Jimmy viu os dois juntos ao longe; mas, por causa da névoa e da escuridão, supôs que o carrinho de bebê fosse um carrinho de mão e que dois homens o estivessem empurrando. Persuadiu Joe de que ele poderia se tornar um suspeito e concebeu o que supostamente seria um álibi para ele, mas que em realidade era um álibi para si mesma. E então, estou certo, não estou?

Ele prendeu a respiração. Havia colocado tudo que tinha nesse único tiro.

Ela ficou parada em frente a ele, esfregando as mãos no avental enquanto, devagar, tomava sua decisão.

– É exatamente como diz, senhor – disse enfim, com sua voz baixa e subjugada (uma voz perigosa, Sir Henry percebeu subitamente). – Não sei o que me deu. Sem--vergonha... isso é o que ela era. Aquilo tomou conta de mim... Ela não vai conseguir tirar Joe de mim. Não tive uma vida feliz. Meu marido, ele era um pobretão... um inválido e um sujeito difícil. Cuidei e olhei por ele, é verdade. E então Joe veio morar aqui. Não sou uma mulher tão velha, senhor, apesar dos meus cabelos grisalhos. Tenho só quarenta anos, senhor. O Joe é um em mil. Teria feito qualquer coisa por ele, qualquer coisa mesmo. Ele era como uma criança pequena, senhor, tão doce e crédulo. Era meu, para cuidar e atender. E aquela... aquela... – ela engoliu em seco, controlando suas emoções. Mesmo naquele momento ela era uma mulher de muita força. Endireitou a postura e olhou para Sir Henry com curiosidade. – Estou pronta para ir, senhor. Nunca pensei que alguém fosse descobrir. Não sei como descobriu, não sei mesmo.

Sir Henry balançou a cabeça de leve.

– Não fui eu quem descobriu – disse; e pensou no pedaço de papel que ainda repousava no seu bolso com as palavras escritas em caligrafia antiga e caprichada.

"Sra. Bartlett, com quem Joe Ellis mora em Mill Cottages nº 2."

Miss Marple tinha acertado mais uma vez.

Uma piada incomum

I

— E esta — disse Jane Helier, concluindo a apresentação — é Miss Marple!

Por ser uma atriz, ela tinha habilidade para fazer suas colocações. Era, sem dúvida, o clímax, o gran finale! Seu tom era uma mistura uniforme de admiração reverente e de triunfo.

A parte esquisita daquilo era que o objeto ora proclamado de forma tão orgulhosa era apenas uma velha solteirona amável e curiosa. Nos olhares dos dois jovens que tinham acabado de conhecê-la, graças à mediação de Jane, havia incredulidade e um quê de assombro. Era um casal bonito: a garota, Charmian Stroud, morena e esbelta; o rapaz, Edward Rossiter, um enorme jovem louro e cordial.

Charmian disse um tanto esbaforida:

— Ah! Estamos muitíssimo satisfeitos em conhecê-la.

No entanto, havia dúvida em seus olhos.

Ela lançou uma olhada rápida e interrogativa para Jane Helier.

— Querida — disse Jane, respondendo à olhada —, ela é absolutamente *maravilhosa*. Deixe tudo com ela. Eu disse que a traria aqui e trouxe.

Ela acrescentou para Miss Marple:

– A senhora *vai* dar um jeito nisso para eles, eu sei. Será fácil para a *senhora*.

Miss Marple virou os serenos olhos azul-claros em direção ao sr. Rossiter.

– Não vai me dizer – questionou – o que é tudo isso?

– Jane é uma amiga nossa – Charmian irrompeu sem paciência. – Eu e Edward estamos numa situação complicada. Jane disse que se viéssemos à festa dela, nos apresentaria a alguém que era, que seria, que poderia...

Edward ajudou-a.

– Jane nos contou que a senhora era a melhor detetive que poderia existir, Miss Marple!

Os olhos da velha senhora cintilaram, mas ela contestou de forma modesta.

– Ah, não, não! Nada disso. O fato é que morando numa vila como a que eu moro, qualquer um aprende a conhecer muito a natureza humana. Mas, sem dúvida, vocês me deixaram bastante curiosa. Digam-me qual é a situação.

– Suspeito que seja muitíssimo comum... é apenas um tesouro escondido – respondeu Edward.

– Verdade? Isso parece muito interessante!

– Eu sei. É como *A ilha do tesouro*. Mas, no nosso caso, faltam as pitadas romanescas usuais. Não há nenhum ponto no mapa indicado por uma caveira e duas tíbias cruzadas, nenhuma instrução do tipo "quatro passos para a esquerda, oeste indo pelo norte." É vago demais... indica apenas onde a gente deve cavar.

– Já fizeram alguma tentativa?

– Diria que cavamos cerca de dois sólidos acres completos! Todo o lugar está pronto para ser transformado numa horta comercial. Estamos apenas decidindo se plantaremos mudas de hortaliças ou batatas.

Charmian falou um tanto ríspida:

– Temos mesmo que contar a história toda?

– Mas é claro, minha querida.

– Neste caso, vamos achar um lugar mais calmo. Vamos, Edward.

Ela mostrou a saída do ambiente abarrotado de gente e cheio de fumaça, e eles subiram as escadas em direção a uma sala de estar pequena, no segundo andar.

Quando já estavam acomodados, Charmian começou de repente.

– Bem, aqui estamos. A história começa com o tio Mathew, ou melhor, nosso tio-bisavô. Ele era muito velho. Edward e eu éramos seus únicos parentes. Ele gostava da gente e sempre dizia que, quando morresse, deixaria o dinheiro para nós. Bem, ele morreu em março e deixou tudo que tinha para ser dividido em partes iguais entre

Edward e eu. O que acabei de contar pode parecer bastante insensível. Não quis passar a impressão de que estava esperando pela morte dele. Na verdade, gostávamos muito do tio. Mas ele estava doente fazia algum tempo. O fato é que "tudo" que ele deixou tornou-se quase nada. E isso, sendo muito sincera, foi um balde de água fria para nós, não foi, Edward?

O cordial Edward assentiu.

– Veja – ele disse –, nós contávamos um pouco com isso. Quero dizer, quando você fica sabendo que uma boa quantia de dinheiro lhe espera, você não... bem... você não se vira e corre atrás do prejuízo sozinho. Estou no exército, não ganho nada além do meu salário, e Charmian não tem um centavo. Ela trabalha como contrarregra numa companhia de teatro... é muito interessante e ela adora, mas não ganha dinheiro. Pensávamos em nos casar, mas não estávamos preocupados com a parte financeira disso, pois sabíamos que ficaríamos muito bem algum dia.

– E agora, veja, não temos nada! – lamentou-se Charmian. – Além do mais, Ansteys... esse é o nome da propriedade da família, que eu e Edward adoramos, provavelmente terá de ser vendida. Mas nós sabemos que não podemos permitir isso! No entanto, se não encontrarmos o dinheiro do tio Mathew, teremos de vendê-la.

Edward falou:

– Vamos, Charmian, ainda não chegamos à parte principal.

– Bem, então, fale você.

Edward virou-se para Miss Marple.

– Bom, ouça. Quanto mais o tio Mathew envelhecia, mais e mais desconfiado ficava. Ele não acreditava em ninguém.

– Muito inteligente da parte dele – avaliou Miss Marple. – A corrupção da natureza humana é inacreditável.

– Bem, a senhora deve estar certa. Seja como for, o tio Mathew pensava dessa forma. Ele teve um amigo que perdeu o dinheiro num banco, outro que foi arruinado por um advogado fugitivo, e ele próprio perdeu parte do dinheiro numa companhia fraudulenta. Ele ficou de um jeito que costumava repetir até a exaustão que a única coisa segura e racional a fazer era converter o dinheiro em ouro maciço e enterrá-lo.

– Ah – disse Miss Marple –, estou entendendo.

– Pois é. Alguns amigos argumentaram com ele, avisaram-no que, fazendo isso, ele não ganharia nenhum benefício, mas ele assegurou que isso não tinha a menor importância. A maior parte do dinheiro dele, dizia, deveria ser "guardada numa caixa embaixo da cama ou enterrada no jardim." Essas foram as palavras dele.

Charmian deu seguimento:

– E quando ele morreu, não deixou quase nada em ações, embora fosse muito rico. Então pensamos que ele deve ter feito o que falou.

Edward explicou:

– Descobrimos que ele vendeu ações e foi acumulando quantias de dinheiro de tempos em tempos, mas ninguém sabe o que ele fez com o dinheiro. No entanto, parece provável que tenha cumprido sua palavra, comprado ouro e o enterrado.

– Ele não disse nada antes de morrer? Deixou algum documento? Alguma carta?

– Essa é a parte mais maluca da história. Ele não deixou nada. Ficou inconsciente por uns dias, mas despertou antes de morrer. Olhou para nós dois e deu uma risadinha, um riso tímido e fraco. Disse: "*Vocês* ficarão bem, meu belo casal de pombinhos". Depois disso bateu de leve no olho, no olho direito, e piscou para nós. Em seguida morreu. Tio Mathew, pobre velho.

– Ele bateu de leve no olho – disse Miss Marple, pensativa.

Edward falou com ansiedade:

– Isso lhe sugere alguma coisa? Este detalhe me lembrou uma história de Arsène Lupin, em que havia algo escondido no olho de vidro de um homem. Mas o tio Mathew não tinha um olho de vidro.

Miss Marple mexeu a cabeça de forma negativa.

– Não. Nada me vem à mente neste momento.

Charmian disse, desapontada:

– Jane nos falou que a senhora diria *de imediato* onde cavar!

Miss Marple sorriu.

– Não sou uma feiticeira, sabe. Não conheci seu tio, nem sei que tipo de homem ele era, e não conheço a casa, nem o terreno.

Charmian sugeriu:

– E se a senhora os tivesse conhecido?

– Bem, acredito que seria um pouco mais simples, não? – perguntou Miss Marple.

– Simples! – ironizou Charmian. – Venha até Ansteys e verá se é simples!

Presume-se que não houve a intenção de o convite ser levado a sério, mas Miss Marple, animada, disse:

– Bem, sem dúvida, minha querida, é muita gentileza sua. Sempre quis ter a chance de procurar um tesouro enterrado. E – acrescentou, olhando para eles com um comedido sorriso radiante – com um interesse afetuoso, também!

II

– Viu? – disse Charmian, em tom dramático.

Eles tinham apenas finalizado a volta completa por Ansteys. Passaram ao redor do jardim da cozinha, cheio de valas abertas. Atravessaram o pequeno bosque, onde havia uma escavação ao redor de cada árvore importante, e olharam pasmados e tristes para a superfície esburacada do único gramado macio. Subiram ao sótão, em que caixas velhas e baús antigos tinham sido esvaziados. Desceram até o porão, onde as pedras do piso tinham sido erguidas do lugar com resistência. Mediram e deram pancadas nas paredes, enquanto Miss Marple apontava cada móvel antigo que continha ou poderia ser suspeito de conter uma gaveta secreta.

Na mesa da sala de estar havia um amontoado de papéis; todos os papéis que Mathew Stroud tinha deixado. Nenhum havia sido destruído. Charmian e Edward habituaram-se a revê-los várias e várias vezes, examinando de forma incansável contas, convites e cartas comerciais, com a esperança de descobrir uma pista até então despercebida.

– Consegue imaginar algum lugar onde a gente não tenha procurado? – perguntou Charmian, esperançosa.

Miss Marple balançou a cabeça de modo negativo.

— Parece que vocês procuraram em toda parte, minha querida. Talvez, se me permite dizer, até um pouco *demais*. Sabe, sempre acho que as pessoas devem ter um plano. Veja o caso de uma amiga minha, a sra. Eldritch. Esta senhora tinha uma criadinha muito boa, lustrava o piso de modo impecável. Mas ela era tão aplicada que limpou demais o piso do banheiro e, quando a sra. Eldritch saiu do banho, o tapete de cortiça, embaixo de seus pés, escorregou e ela teve uma queda horrorosa e quebrou a perna! O pior foi que a porta do banheiro estava trancada, claro, e o jardineiro teve de pegar uma escada e entrar pela janela... terrivelmente constrangedor para a sra. Eldritch, que sempre foi uma mulher muito recatada.

Edward moveu-se, inquieto.

Miss Marple disse com pressa:

— Por favor, me desculpe. Sou tão suscetível a sair pela tangente. Mas uma coisa leva a outra. E às vezes isso ajuda. Tudo que eu queria dizer é que talvez se tentássemos usar nossa imaginação e pensar sobre um lugar plausível...

Edward disse, rabugento:

— A senhora pense em um, Miss Marple. A esta altura tanto a minha cabeça quanto a de Charmian são um vazio completo!

— Sim, é verdade. Claro... é muito cansativo para vocês. Se não se importam, vou examinar tudo isto.

Ela apontou para os papéis em cima da mesa.

— Isto é, se não houver nada particular. Não quero parecer intrometida.

— Ah, tudo bem. Mas receio que a senhora não encontrará nada.

Ela sentou-se à mesa e vasculhou a pilha de documentos de forma sistemática. Ao recolocá-los um por um, arrumou-os em pequenos montes sem pensar duas vezes. Quando terminou, sentou com o olhar fixo à sua frente por alguns minutos.

Edward perguntou, com um toque de ironia:

— E então, Miss Marple?

Miss Marple voltou a si com um pequeno sobressalto.

— Me desculpe. Bastante útil.

— Encontrou alguma coisa relevante?

— Ah, não, nada do tipo, mas eu realmente acredito que sei o tipo de homem que era seu tio Mathew. Acho que é muito semelhante ao meu tio Henry. Gostava de piadas bastante óbvias. Solteiro, é claro... me pergunto por quê. Uma antiga decepção, talvez? Metódico ao extremo, mas não gostava muito de se prender a ninguém... como a maioria dos solteiros!

Por trás das costas de Miss Marple, Charmian fez um sinal para Edward. Significava: ela é gagá.

Miss Marple continuava a falar com entusiasmo do seu finado tio Henry.

— Adorava jogos de palavras, o tio. E para algumas pessoas, jogos de palavras podem ser bastante irritantes. Era um homem desconfiado também. Estava sempre convencido de que os empregados estavam-no roubando. E algumas vezes, claro, eles estavam mesmo, mas nem sempre. Isso cresceu dentro dele, pobre homem. Perto de morrer, ele suspeitava de que estivessem adulterando sua comida, e, por fim, recusou-se a comer qualquer coisa que não fosse ovos cozidos! Dizia que ninguém poderia adulterar o que estivesse dentro de um ovo cozido. Querido tio Henry, chegou a ser uma pessoa tão alegre a certa altura... gostava muito do seu café depois do jantar. Costumava dizer: "este café está muito mouro", o que significava, você sabe, que ele queria mais um pouco.

Edward se deu conta de que se ouvisse mais alguma coisa sobre o tio Henry, perderia o controle.

— Também gostava muito dos mais novos — Miss Marple continuou —, mas tendia a perturbá-los um pouco, se é que me entende. Costumava colocar embalagens de doces onde uma criança jamais poderia alcançar.

Deixando de lado a polidez, Charmian falou:

— Ele me parece terrível!

— Não, querida, apenas um velho solteirão, sabe, pouco acostumado com crianças. E não era de todo estúpido, não. Costumava guardar uma boa quantia de dinheiro em casa, e tinha um cofre para colocá-lo. Fazia um grande alvoroço sobre isso... e sobre quão seguro era o cofre. Como resultado de seu falatório excessivo, uns assaltantes entraram na sua casa, certa noite, e fizeram um buraco no cofre com uma arma química.

— Bem feito para ele — vingou-se Edward.

— Ah, mas não havia nada no cofre — revelou Miss Marple. — Veja, ele, de fato, guardava o dinheiro em outro lugar. Na verdade, atrás de uns livros religiosos, na biblioteca. Dizia que ninguém tiraria um livro daqueles da estante!

Edward interrompeu-a, empolgado.

— Já sei, tenho uma ideia. Que tal a biblioteca?

No entanto, Charmian balançou a cabeça com desprezo.

— Acha que eu não pensei nisso? Procurei em todos os livros na terça passada, quando você foi a Porstmouth. Retirei todos, balancei-os. Não havia nada neles.

Edward suspirou. Em seguida, levantando-se, fez um esforço para livrar-se com jeito da sua decepcionante convidada.

— Foi muita bondade sua ter vindo até aqui tentando nos ajudar. Desculpe se tudo não passou de um esforço inútil. Sinto que já tomamos demais o seu tempo. Todavia, vou tirar o carro e a senhora poderá pegar o ônibus das três e meia...

– Ah – interrompeu-o Miss Marple –, mas temos que encontrar o dinheiro, não é? Não deve desistir, sr. Rossiter. "Se na primeira você não conseguir, tente, experimente, tente novamente."

– A senhora quer dizer que vai continuar tentando?

– Falando de modo específico – respondeu Miss Marple –, ainda nem comecei. "Para começar, pegue sua lebre", como diz a sra. Beaton em seu livro de culinária, um ótimo livro, porém dispendioso. A maioria das receitas tem início assim: "Pegue um quarto de nata e uma dúzia de ovos". Deixe-me ver, onde eu estava? Ah, sim. Bem, como se diz, já temos nossa lebre... nossa lebre humana, claro, o seu tio Mathew. Agora, temos apenas que decidir onde ele esconderia o dinheiro. Deve ser bem simples.

– Simples? – inquiriu Charmian.

– Sim, querida. Tenho certeza de que ele deve ter feito o óbvio. Uma gaveta secreta, essa é a minha resposta.

Edward disse, seco:

– Uma pessoa não poderia colocar barras de ouro numa gaveta secreta.

– Não, claro que não. Mas não vejo razão alguma para acreditar que o dinheiro está em barras de ouro.

– Ele sempre dizia que...

– Da mesma forma que meu tio Henry falava sobre seu cofre! Portanto, tenho grandes suspeitas de que isso era apenas uma armadilha. Diamantes, isso sim, poderiam estar numa gaveta secreta sem dificuldade.

— Mas olhamos dentro de todas as gavetas. Chamamos um marceneiro para examinar a mobília.

— Vocês fizeram isso, querida? Foi inteligente da sua parte. Diria que a mesa usada por seu tio seria a mais provável. É a escrivaninha alta junto àquela parede?

— É. Vou mostrá-la à senhora.

Charmian foi em direção à escrivaninha. Ela retirou o tampo de cima. Dentro, havia escaninhos e gavetas pequenas. Abriu a portinha do centro e acionou uma alavanca dentro da gaveta à esquerda. O fundo do esconderijo central deu um estalo e escorregou para frente. Charmian puxou-o, revelando um compartimento raso, na parte de baixo. Estava vazio.

— Me diga, isso não é uma coincidência? — disse Miss Marple com entusiasmo. — Tio Henry possuía uma mesa igualzinha a esta. A única diferença é que a dele era feita de nogueira e esta é de mogno.

— Seja como for — disse Charmian —, não há nada aqui, como pode ver.

— Suspeito que — disse Miss Marple — o marceneiro era jovem. Ele não sabia tudo. As pessoas eram muito habilidosas quando faziam esconderijos naquele tempo. Havia algo como um esconderijo dentro de outro.

Ela extraiu um grampo do seu coque grisalho bem amarrado. Após desentortá-lo, inseriu a ponta dentro do que aparentava ser um buraquinho de cupim em um dos lados do esconderijo secreto. Com um pouco de dificuldade, puxou uma gaveta pequena. Nela havia um monte de cartas desbotadas e um papel dobrado.

Edward e Charmian lançaram-se ao mesmo tempo sobre o achado. Com dedos trêmulos, Edward desdobrou o papel. Ele soltou o documento com uma exclamação de raiva.

– Uma droga de receita culinária. Pernil assado!

Charmian estava desatando a fita que prendia as cartas. Retirou uma e deu uma olhada.

– Cartas de amor!

Miss Marple reagiu com prazer comedido.

– Que interessante! Talvez o motivo pelo qual seu tio nunca tenha se casado.

Charmian leu em voz alta:

– "Meu sempre querido Mathew, devo confessar que parece ter passado muito tempo desde que recebi sua última carta. Tentei ocupar-me com diversas tarefas a mim atribuídas, e muitas vezes disse para mim mesma que eu era sem dúvida muito sortuda por conhecer tanto do mundo, embora pouco tenha pensado quando fui à América que terminei viajando para estas ilhas distantes!"

Charmian parou no meio.

– De onde é a carta? Ah! Do Havaí!

Ela continuou:

– "Deus do céu, estes nativos continuam longe de ver a luz. Estão em um estado selvagem, não usam roupas e passam a maior parte do tempo nadando, dançando e enfeitando-se com coroas de flores. O sr. Gray conseguiu converter alguns, mas é um trabalho árduo, e ele e a sra. Gray sentem-se bastante desestimulados. Tento fazer tudo que posso para animá-lo e incentivá-lo, mas eu também me sinto triste a maior parte do tempo, pela razão que você pode imaginar, querido Mathew. Meu Deus, a ausência é uma prova dura para um coração apaixonado. Seus sentimentos e reiteradas declarações de amor alegram-me demais. Agora e sempre meu coração leal e devotado é seu, querido Mathew, e eu lhe espero. Com amor, Betty Martin. Obs.: Envio esta carta disfarçada para nossa amiga comum, Matilda Graves, como sempre. Espero que os céus perdoem este pretexto."

Edward assobiou.

– Uma missionária! Então era essa a história de amor do tio Mathew. Me pergunto por que eles nunca se casaram.

– Ela parece ter viajado pelo mundo todo – disse Charmian, conferindo as cartas. – Ilhas Maurício... toda sorte de lugar. Deve ter morrido de febre amarela ou algo do tipo.

Uma risadinha chamou a atenção deles. Miss Marple parecia muito entretida.

– Ora, ora – ela disse. – Olhe só para isto!

Ela estava lendo a receita de pernil assado. Ao perceber os olhares curiosos dos demais, leu em voz alta:

– "Pernil assado com espinafre. Pegue um bom pedaço de pernil, recheie com cravos e cubra com açúcar mascavo. Asse no forno em baixa temperatura. Sirva com uma borda de purê de espinafre." O que acha disso agora?

– Acho que soa intragável – respondeu Edward.

– Não, não, poderia ficar muito bom, mas o que você acha da *coisa toda*?

Um súbito raio de luz iluminou o rosto de Edward.

– A senhora acha que é um código, algum tipo de criptograma?

Ele se levantou.

– Dá uma olhada aqui, Charmian. Pode ser, sabia! Não haveria outra razão de colocar uma receita culinária numa gaveta secreta.

– Isso mesmo – concordou Miss Marple. – Muito sugestivo, muito.

Charmian falou:

– Sei o que pode ser, uma tinta invisível! Vamos aquecê-la. Ligue o fogo elétrico.

Edward seguiu as ordens, mas nenhuma caligrafia apareceu ao aquecer o papel.

Miss Marple anunciou:

– Sabe, acho, de verdade, que vocês estão dificultando *demais* as coisas. A receita é apenas uma indicação, digamos assim. São as cartas, creio eu, o mais importante.

– As cartas?

– Acima de tudo – destacou Miss Marple – a assinatura.

No entanto, Edward mal a ouviu. Ele chamou, animado:

– Charmian! Venha aqui! Ela está certa. Veja, os envelopes são velhos, sem sombra de dúvida, mas as cartas em si foram escritas muito depois.

– É isso aí – Miss Marple anuiu.

– Elas apenas foram envelhecidas. Aposto qualquer coisa como foi o próprio tio Mathew que as falsificou...

– Com certeza – disse Miss Marple.

– A coisa toda é uma farsa. Nunca existiu uma missionária. Deve ser um código.

– Minhas queridíssimas crianças, não há necessidade alguma de tornar isso tão complicado. Seu tio era, de fato, um homem bastante simples. Ele tinha de fazer a piadinha dele, só isso.

Pela primeira vez eles deram total atenção a ela.

– O que exatamente a senhora quer dizer, Miss Marple? – Charmian perguntou.

– Quero dizer, querida, que você está, neste exato momento, segurando o dinheiro em suas mãos.

Charmian baixou os olhos.

– A assinatura, querida. Ela diz tudo. A receita é só uma indicação. Esqueça todos os cravos, o açúcar mascavo e companhia, o que é isso *de verdade*? O que é que pernil tem a ver com espinafre? *Pernil e espinafre*! É um absurdo! Então está claro que são as cartas que importam. Ainda mais se você levar em conta o que seu tio fez antes de morrer. Ele bateu de leve no olho, você disse. Bem, aí está, isso te dá a pista, entende.

Charmian falou:

– Nós estamos loucos ou é a senhora que está?

– Minha querida, com certeza você já deve ter ouvido a expressão que diz que alguma coisa é um absurdo completo, ou ela não é mais usada? "Isto não tem pé nem cabeça."

Edward suspirou, seus olhos mirando a carta em suas mãos.

– Betty Martin...

– Claro, sr. Rossiter. Como você acabou de dizer, não existe, nunca existiu tal pessoa. As cartas foram escritas pelo tio de vocês, e ouso dizer que ele se divertiu muito ao escrevê-las! Como você disse, a escrita nos envelopes é mais antiga... de fato, os envelopes não poderiam pertencer às cartas, mesmo porque o selo postal dessa que você está segurando é de 1851.

Ela fez uma pausa. Disse colocando bastante ênfase:

– 1851. Isso explica tudo, não é?

– Não para mim – admitiu Edward.

– Bem, claro – disse Miss Marple. – Creio que isso não me diria nada, não fosse pelo meu sobrinho-neto Lionel. Um rapazinho tão querido e um apaixonado colecionador de selos. Sabe tudo sobre selos. Foi ele quem me contou sobre os selos raros e custosos, e que um novo achado extraordinário havia surgido para leilão. Me recordo com clareza de ele ter mencionado um selo, o de 1851, o primeiro selo do Havaí. Acho que ele estimou algo como 25 mil dólares. Imagine! Acredito que os outros selos também sejam raros e de preço elevado. Sem dúvida seu tio comprou-os de negociantes e foi cuidadoso para "não deixar rastros", como se diz nas histórias de detetive.

Edward resmungou. Sentou-se e afundou o rosto nas próprias mãos.

– Qual é o problema? – quis saber Charmian.

– Nada. Foi só o pensamento terrível de que, não fosse por Miss Marple, teríamos queimado estas cartas sem pensar duas vezes!

– Ah – disse Miss Marple – é justamente isso o que esses velhos cavalheiros, fãs de suas piadas, nunca se dão conta. O tio Henry, me lembro, enviou à sobrinha favorita uma nota de cinco libras como presente de Natal. Ele colocou a nota num cartão natalino, colou-a no cartão, e neste escreveu: "Paz e felicidade. Lamento que isso seja tudo o que posso mandar este ano".

– Ela, pobre garota, aborrecida com o que pensou ter sido uma mesquinharia da parte dele, jogou o cartão direto na lareira. Depois, claro, ele teve de recompensá-la.

Os sentimentos de Edward em relação ao tio Henry sofreram uma mudança abrupta e completa.

– Miss Marple – disse –, vou pegar uma garrafa de champanhe. Vamos todos beber à saúde do seu tio Henry.

O caso da criada perfeita

I

– Ah, com sua licença, senhora, posso falar-lhe um momento?

Esse pedido poderia parecer de natureza absurda, uma vez que Edna, a criada de Miss Marple, já estava falando com sua patroa naquele momento.

Todavia, reconhecendo o modo de falar peculiar, Miss Marple disse de imediato:

– Claro, Edna, entre e feche a porta. O que foi?

Edna entrou no cômodo e fechou a porta de modo obediente, segurou a ponta do avental com os dedos e engoliu em seco algumas vezes.

– Pois não, Edna? – disse Miss Marple, encorajando-a.

– Ah, sim, senhora, é a minha prima, Gladdie.

– Meu Deus! – exclamou Miss Marple, sua mente imaginando o pior e, Deus do céu, a conclusão mais óbvia. – Está... está em apuros?

Edna apressou-se em tranquilizá-la.

– Não, senhora, não é nada disso. Gladdie não é esse tipo de garota. É só que ela está chateada. Perdeu o emprego, sabe.

– Minha nossa, sinto muito. Ela estava em Old Hall, com a srta., as srtas. Skinner, não é?

– Sim, senhora, isso mesmo, senhora. E Gladdie está muito aborrecida com isso, muito aborrecida mesmo.

– Mas Gladys já mudou de emprego várias vezes antes, não?

– Ah, sim, senhora. Ela está sempre mudando, Gladdie é assim. Nunca parece se fixar num lugar pra valer, se entende o que quero dizer. Mas era sempre ela que pedia demissão, sabe.

– E dessa vez foi diferente? – Miss Marple perguntou.

– Foi, senhora, e isso deixou Gladdie muitíssimo chateada.

Miss Marple parecia um pouco surpresa. Sua lembrança de Gladys, que ia de vez em quando tomar um chá na cozinha nos seus "dias de folga", era de uma garota forte e risonha, com temperamento sempre estável.

Edna prosseguiu.

– Veja, senhora, foi o modo como tudo aconteceu; o modo como a srta. Skinner viu as coisas.

– Como – inquiriu Miss Marple de modo paciente – a srta. Skinner viu?

Nesse momento Edna deu início a seu boletim de notícias.

— Ah, senhora, foi um choque tão grande para Gladdie. Ouça, um dos broches da srta. Emily havia sumido, e isso levantou um clamor por justiça como nunca foi visto, e claro que ninguém gosta quando algo assim acontece; é constrangedor, senhora, se é que me entende. Gladdie ajudou a procurar por todo lugar, e a srta. Lavinia ficava dizendo que ia à polícia dar queixa, e aí o broche reapareceu, metido no fundo de uma gaveta da penteadeira, e Gladdie ficou muito contente. Aí, logo no dia seguinte, um prato quebrou, o que é comum, e a srta. Lavinia... ela falou sem rodeios e deu a Gladdie um aviso prévio. Mas o que Gladdie percebeu foi que não poderia ter sido por causa do prato e que a srta. Lavinia havia apenas inventado uma desculpa, e o motivo deve ter sido o broche. Elas devem ter pensado que Gladdie pegou o broche e devolveu-o quando a polícia foi mencionada, mas Gladdie nunca faria isso, ela jamais o faria. Mas ela se deu conta de que essa história vai se espalhar, vai se virar contra ela e isso é uma coisa muito séria para uma garota, como sabe, senhora.

Miss Marple anuiu com um aceno de cabeça. Embora não tivesse ligação alguma com a forte e orgulhosa Gladys, tinha quase certeza da honestidade da garota, e podia imaginar muito bem que o incidente deve tê-la aborrecido.

Edna falou de modo ansioso:

— Será, senhora, que não há nada que se possa fazer a respeito? Gladdie está de um jeito...

— Diga a ela para não fazer bobagem — disse Miss Marple, taxativa. — Se ela não pegou o broche, e tenho certeza de que ela não pegou, então não tem motivo para ficar aborrecida.

— Essa história vai circular — lamentou Edna, triste.

Miss Marple decidiu:

— Eu... hum... eu vou aparecer por lá esta tarde. Vou ter uma conversa com as srtas. Skinner.

— Ah, obrigada, senhora — agradeceu Edna.

II

Old Hall era uma mansão antiga rodeada por árvores e gramados. Desde que ficou provado que a casa não podia ser alugada nem vendida, um empreendedor ousado dividiu-a em quatro apartamentos, com um sistema de aquecimento central, e os "jardins" deveriam ser de uso comum entre os moradores. A iniciativa deu certo. Uma velha senhora rica e excêntrica ocupava um apartamento junto com sua criada. A velha senhora tinha paixão por pássaros e todo dia entretinha um bando emplumado com farelos. Um juiz indiano aposentado e sua esposa alugavam o segundo apartamento. Um casal muito jovem, recém-casado, morava no terceiro. E o último apartamento havia sido ocupado há apenas dois meses por duas senhoritas de sobrenome Skinner. Os quatro grupos de moradores eram o mais distante possível um do outro, pois nada tinham em comum. Ouviu-se do proprietário que isso era algo excelente. O que ele temia eram amizades seguidas de desavenças e, por conseguinte, queixas no seu ouvido.

Miss Marple conhecia todos os moradores, embora não soubesse nada em particular sobre eles. A mais velha das senhoritas Skinner, srta. Lavinia, era o que se pode chamar de a parte trabalhadora da família. A srta. Emily, a mais nova, passava a maior parte do tempo na cama sofrendo de várias doenças que, na opinião de St. Mary Mead, eram em grande parte imaginárias. Apenas a srta. Lavinia acreditava piamente no martírio da irmã e na sua paciência com a moléstia, e logo se encarregava de tarefas, saía às pressas pela vila, para cima e para baixo, atrás de coisas que "minha irmã cismou de uma hora para outra".

Era a opinião de St. Mary Mead que se a srta. Emily sofresse metade do que dizia, teria sido examinada pelo dr. Haydock há muito tempo. No entanto, a srta. Emily, quando isso lhe era sugerido, piscava os olhos com ar de superioridade e segredava que seu caso não era simples (os melhores especialistas de Londres tinham ficado intrigados com o caso) e que um novo médico maravilhoso a tinha colocado sob o tratamento mais revolucionário, e que ela, de fato, acreditava que sua saúde melhoraria com isso. Nenhum clínico geral comum poderia jamais entender um caso como o dela.

– E essa é a minha opinião – disse a sincera srta. Hartnell –, ela é muito esperta por não se deixar examinar por ele. O querido dr. Haydock, com aquele seu jeito alegre, diria que não há nada de errado com ela e que deveria se levantar e deixar de manha! Isso faria muito bem a ela!

Todavia, na falta de um tratamento tão arbitrário, a srta. Emily continuava deitada no sofá, cercada com suas caixas de pequenos comprimidos, rejeitando quase tudo que preparavam para ela e pedindo por algo mais; na maior parte das vezes, algo inconveniente e difícil de conseguir.

III

A porta foi aberta para Miss Marple por "Gladdie", parecendo mais deprimida do que Miss Marple poderia ter imaginado. Na sala de estar (reduzida a um quarto da antiga sala de visitas, que tinha sido dividida em sala de jantar, sala de visitas, banheiro e dispensa), a srta. Lavinia levantou-se para cumprimentar Miss Marple.

Lavinia Skinner era uma mulher de cinquenta anos, alta, magra e ossuda. Tinha uma voz áspera e um jeito rude.

– Que bom lhe ver – disse. – Emily está descansando, está sentindo-se fraca hoje, pobre criatura. Esperava que ela fosse lhe ver, isso a deixaria animada, mas há momentos em que ela não sente vontade de ver ninguém. Pobre criatura, ela é muito paciente.

Miss Marple respondeu de forma educada. Os empregados eram o assunto principal das conversas em St. Mary Mead, portanto não houve dificuldade em conduzir o diálogo nessa direção. Miss Marple comentou que tinha ouvido que aquela boa garota, Gladys Holmes, estava deixando a casa.

A srta. Lavinia confirmou com um movimento de cabeça.

– Na próxima quarta. Andou quebrando umas coisas, sabe. Não podia continuar assim.

Miss Marple deu um suspiro e disse que todas nós temos que relevar algumas coisas nos dias de hoje. Era tão difícil trazer as garotas para o interior. A srta. Skinner achava mesmo que deixar Gladys partir era o melhor a fazer?

– Sei que é difícil conseguir empregados – admitiu a srta. Lavinia. – Os Devereux não conseguiram ninguém... mas, nesse caso, não me espanto... sempre discutindo, conversa fiada a noite toda... refeições a qualquer hora... aquela garota não sabe nada sobre como cuidar de uma casa. Tenho pena do marido dela! E depois, os Larkin acabaram de perder sua empregada. Claro, quem já viu a disposição daquele juiz indiano para o seu desejoso *chota hazri**, como ele diz, às seis da manhã, e a sra. Larkin sempre aborrecida. Isso também não me espanta. Janet, a criada da sra. Carmichael, é parte da casa, claro, embora na minha opinião ela seja uma das pessoas mais desagradáveis, e sem dúvida incomoda a velha senhora.

– Então não acha que deve reconsiderar sua decisão quanto a Gladys? Ela é mesmo uma boa garota. Conheço toda a família dela; pessoas excelentes e muito honestas.

A srta. Lavinia balançou a cabeça em sentido negativo.

– Tenho meus motivos – respondeu, parecendo importante.

Miss Marple murmurou:

– A senhora perdeu um broche, entendo...

– Ora, quem andou falando? Creio que tenha sido a garota. Sendo franca, tenho quase certeza de que ela o pegou. Depois ficou assustada e devolveu, mas claro, ninguém pode afirmar nada sem ter certeza.

Ela mudou de assunto.

---
* Café da manhã. (N.T.)

— Venha ver Emily, Miss Marple. Tenho certeza que fará bem a ela.

Miss Marple seguiu de modo obediente a srta. Lavinia, até esta bater em uma porta e ter sua entrada autorizada, conduzindo sua visita para o melhor cômodo do apartamento, em que boa parte da iluminação estava bloqueada pelas cortinas parcialmente fechadas. A srta. Emily estava deitada na cama, aparentando aproveitar o escuro e seu próprio sofrimento indeterminado.

A luz fraca mostrou uma criatura franzina, de aparência indefinida, com cabelo amarelo-acinzentado, desarrumado e solto ao redor da cabeça, fazendo cachos; a coisa toda parecia um ninho de pássaros, do tipo que nenhuma ave de respeito teria orgulho. Havia um cheiro no quarto de água de colônia, biscoito envelhecido e cânfora.

Com olhos semicerrados e uma voz fraca e fina, Emily Skinner explicou que aquele era "um dos seus dias ruins".

— O pior de uma saúde debilitada é que — disse a srta. Emily em tom melancólico — a pessoa sabe o peso que é para todos que estão à sua volta. Lavinia é muito boa para mim. Lavvie, querida, eu detesto dar trabalho, mas se a minha garrafa de água quente puder ao menos ser cheia do jeito que eu gosto... muito cheia me aflige... mas se não for cheia o bastante, logo fica fria!

— Desculpe, querida. Me passe a garrafa. Vou esvaziá-la um pouco.

— Talvez, já que você vai fazer isso, poderia enchê-la outra vez. Acho que não tem torrada em casa... não, não importa. Pode ser outra coisa. Um chá fraco com uma rodela de limão... não tem limão? Não, de fato, não poderia beber chá sem limão. Acho que o leite estava um pouco coalhado hoje de manhã. Tomei aversão a leite no chá. Não importa. Posso deixar o chá de lado. Só que me sinto tão fraca. Dizem que ostras são nutritivas. Será que eu poderia comer umas? Não, não, é muito incômodo ir atrás disso a essa hora do dia. Posso esperar até amanhã.

Lavinia deixou o quarto murmurando algo incompreensível sobre ir de bicicleta até a vila.

A srta. Emily mostrou um sorriso débil à sua visita e comentou que odiava dar trabalho para qualquer pessoa.

Naquela noite, Miss Marple contou a Edna que receava que sua missão diplomática não tivesse obtido sucesso.

Ela ficou bastante preocupada ao saber que os rumores sobre a desonestidade de Gladys já haviam se espalhado pela vila.

No correio, a srta. Wetherby difamou a garota:

— Minha querida Jane, deram a ela uma referência escrita dizendo que era disposta, sensata e respeitável, mas nada disseram sobre sua honestidade. Isso me parece muito significativo! Soube que houve uma confusão com um broche. Sabe, acho que deve ter algo a ver com isso, porque nos dias de hoje não se deixa um empregado ir embora, a não ser que seja algo muito grave. Elas terão muita dificuldade para encontrar outra pessoa. Garotas simplesmente não vêm para Old Hall. Elas ficam agoniadas em ir para casa nos dias de folga. A senhora vai ver, as Skinner não vão encontrar outra pessoa, e aí, quem sabe, aquela irmã ultra-hipocondríaca vai ter que se levantar e fazer alguma coisa!

Qual não foi o espanto da vila quando soube que as srtas. Skinner tinham arranjado, por meio de uma agência, uma nova criada, que, conforme se dizia, era um modelo de perfeição.

– Tem uma referência de três anos e foi muito bem-recomendada. Ela prefere o interior e, para completar, pediu um salário menor do que o de Gladys. Acho mesmo que tivemos muita sorte.

– Bem, se é assim – disse Miss Marple, para quem esses detalhes foram contados pela srta. Lavinia no mercado de peixes. – Parece muito bom para ser verdade.

Logo se tornou opinião corrente em St. Mary Mead que o modelo de perfeição desistiria na última hora e não viria.

Todavia, as previsões não se confirmaram, e a vila pôde observar a joia doméstica, chamada Mary Higgins, passar pela vila no táxi de Reed em direção a Old Hall. Não havia como negar que a aparência dela era boa. Uma mulher de aspecto assaz respeitável, muito bem-vestida.

Na visita seguinte de Miss Marple a Old Hall, na ocasião do recrutamento de colaboradores para a feira da paróquia, Mary Higgins foi quem abriu a porta. Era, sem dúvida, uma criada com aparência superior, devia ter uns quarenta anos, tinha cabelos muito negros e rosto corado, uma figura robusta, vestida com uma roupa preta discreta, um avental branco e uma touca de rede – "quase o bom e antigo modelo de empregada", como Miss Marple diria depois, e com a apropriada voz respeitosa e baixa, bem diferente da voz anasalada e alta de Gladys.

A srta. Lavinia estava com a aparência bem menos angustiada do que de costume e, embora lamentasse não poder tomar conta de um estande devido à sua preocupação com a irmã, ofereceu uma boa contribuição em dinheiro e prometeu providenciar uma remessa de limpadores de caneta e meias para bebês.

Miss Marple comentou algo sobre a boa aparência da srta. Lavinia.

– Sinto, de verdade, que devo muito a Mary. Estou tão satisfeita por ter resolvido me livrar daquela outra garota. Mary é mesmo inestimável. Cozinha bem, serve divinamente e mantém nosso pequeno apartamento limpo de modo impecável... vira os colchões todos os dias. E é muito atenciosa com Emily!

Miss Marple logo perguntou sobre Emily.

– Ah, pobre criatura, tem estado muito indisposta nos últimos tempos. Não há nada que ela possa fazer, mas, sem dúvida, torna as coisas um pouco mais difíceis às vezes. Quer comer certas coisas e depois, quando estão prontas, diz que não pode comer no momento, e então, meia hora depois, quer comê-las de novo, e tudo tem que ser refeito. Claro, isso requer muito trabalho, mas graças a Deus Mary não parece se importar nem um pouco. Diz que é acostumada a servir doentes e os compreende. É um alívio tão grande.

– Nossa! – exclamou Miss Marple. – A senhora é muito sortuda.

– É, sou mesmo. Sinto, de verdade, que Mary foi enviada para nós como uma resposta às orações.

– Ela me parece – disse Miss Marple – quase boa demais para ser verdade. Eu seria... bem, eu seria um pouco cautelosa se estivesse no seu lugar.

Lavinia Skinner não conseguiu compreender a insinuação presente no comentário e disse:

– Posso lhe assegurar que faço todo o possível para que ela fique satisfeita. Não sei o que faria se ela fosse embora.

— Não espero que ela vá deixá-la antes que esteja pronta para partir – disse Miss Marple, encarando a anfitriã de modo bem firme.

A srta. Lavinia falou:

— Se uma pessoa não precisa se preocupar com a casa, tira um peso tão grande das costas, não acha? Como sua criada Edna está se adaptando?

— Ela está indo bem. Nada de mais, claro. Não é como a sua Mary. Mas sei tudo sobre Edna, porque ela é uma garota da vila.

Quando ela saiu da sala, ouviu a voz da doente falar de mau humor.

— Essa compressa foi esquecida até ficar quase seca... o dr. Allerton disse com clareza que a água precisa ser renovada. Vá, vá, leve-a. Quero uma xícara de chá e um ovo cozido... deixe o ovo no fogo por apenas três minutos e meio, lembre-se, e chame a srta. Lavinia para mim.

A eficiente Mary saiu do quarto e ao mesmo tempo em que dizia para Lavinia "a srta. Emily está lhe chamando, senhora", conduzia Miss Marple até a porta, ajudando-lhe a colocar o sobretudo e passando-lhe o guarda-chuva da forma mais impecável.

Miss Marple segurou o guarda-chuva, deixou-o cair, tentou pegá-lo, mas sua bolsa escorregou e abriu-se de repente. Mary, de modo educado, recolheu várias bugigangas: um lenço, uma agenda, uma carteira de couro de modelo antigo, dois xelins, três centavos e um pedaço de bala de menta colorida.

Miss Marple apanhou a última coisa com a expressão um tanto confusa.

– Ah, querida, deve ter sido o garotinho da sra. Clement. Ele estava chupando uma, me lembro, e pegou minha bolsa para brincar. Deve ter colocado a bala aí dentro. Gruda em tudo, não é?

– Quer que eu a descarte, senhora?

– Oh, você o faria? Muito obrigada!

Mary abaixou-se para pegar o último item, um espelhinho. Ao ser devolvido, Miss Marple exclamou com veemência:

– Nossa, que sorte a minha de ele não ter se quebrado!

Em seguida ela foi embora, enquanto Mary, de modo cortês, permanecia em pé na porta segurando um pedaço de bala colorida com o rosto sem expressão alguma.

IV

Por não mais do que dez dias St. Mary Mead teve de aturar a ladainha sobre as qualidades do achado das srtas. Lavinia e Emily.

No décimo primeiro dia, a vila despertou para uma grande surpresa.

Mary, o modelo de perfeição, estava sumida! Ninguém havia dormido na cama dela e a porta da frente foi encontrada entreaberta. Ela fugiu no meio da noite, sem chamar atenção.

E não era só Mary que estava sumida! Dois broches e cinco anéis da srta. Lavinia, além de três anéis, um pingente, um bracelete e quatro broches da srta. Emily também tinham desaparecido!

Foi o começo de uma série de catástrofes.

A jovem sra. Devereux tinha perdido os diamantes que guardava numa gaveta destrancada, e também umas peles valiosas que havia ganhado de presente de casamento. O juiz e sua esposa também tiveram umas joias perdidas e certa quantia de dinheiro. A sra. Carmichael foi quem mais sofreu. Haviam levado não apenas algumas joias muito caras, mas também uma enorme quantia de dinheiro que ela mantinha no apartamento. Tinha sido a noite de folga de Janet, e sua patroa tinha o hábito de caminhar pelos jardins ao anoitecer, chamando os passarinhos e espalhando migalhas de pão. Parecia claro que Mary, a criada perfeita, tinha tido as chaves para entrar em todos os apartamentos!

É preciso dizer que, em certa medida, houve um prazer mórbido em St. Mary Mead. A srta. Lavinia gabava-se tanto da sua maravilhosa Mary.

— E todo esse tempo, meu Deus, apenas uma ladra comum!

Seguiram-se revelações interessantes. Não apenas Mary havia desaparecido do nada, como também a agência que a indicou e apresentou suas referências estava chocada ao descobrir que a Mary Higgins que havia se inscrito lá e cujas referências eles tinham tomado, para todos os efeitos, nunca existiu. Era o nome real de uma empregada que havia morado com a irmã real de um deão, mas a verdadeira Mary Higgins estava em algum lugar de Cornwall, morando em paz.

— Muito bem tramada, a coisa toda — o inspetor Slack foi obrigado a admitir. — E, se alguém me perguntar, aquela mulher não trabalha sozinha. Um ano atrás houve um caso muito parecido em Northumberland. Os objetos nunca foram localizados e nunca pegaram a criatura. De todo jeito, vamos fazer melhor que isso em Much Benham!

O inspetor Slack era sempre confiante.

No entanto, as semanas passavam e Mary Higgins continuava livre e triunfante. Em vão, o inspetor Slack* redobrava a energia, negando a ideia equivocada que seu nome poderia sugerir.

Slack: desleixado, negligente. (N.T.)

A srta. Lavinia seguia chorosa. A srta. Emily ficou tão desapontada e sentiu-se tão assustada com sua situação que terminou sendo enviada para o dr. Haydock.

Toda a vila estava ansiosíssima para saber o que ele pensava sobre as queixas da srta. Emily referente à sua saúde comprometida, mas, claro, ninguém poderia perguntar a ele. Contudo, para satisfação de todos, informações sobre o tema vieram à tona através do sr. Meek, o assistente do farmacêutico, que estava saindo com Clara, a criada da sra. Price-Ridley. Assim, ficaram sabendo que o dr. Haydock havia prescrito uma combinação de assa--fétida e valeriana que, de acordo com o sr. Meek, era o remédio principal daqueles que se fingiam de doentes no exército!

Logo depois soube-se que a srta. Emily, não satisfeita com a atenção médica que havia tido, declarou que devido ao seu estado de saúde, sentia-se na obrigação de estar perto de um especialista em Londres que compreendia seu caso. Era, ela disse, mais do que justo para Lavinia.

O apartamento foi colocado para sublocação.

V

Poucos dias depois, Miss Marple, bastante emocionada e atrapalhada, foi até a delegacia de Much Benham e perguntou pelo inspetor Slack.

O inspetor Slack não gostava de Miss Marple. No entanto, sabia que o chefe de polícia, coronel Melchett, não tinha a mesma opinião. Por isso, apesar da má vontade, ele a recebeu.

– Boa tarde, Miss Marple, em que posso ajudá-la?

– Oh, Deus – disse Miss Marple –, receio que o senhor esteja ocupado.

– Muito trabalho a ser feito – respondeu o inspetor Slack –, mas posso parar por uns minutos.

– Ah, Senhor – disse Miss Marple. – Espero que eu consiga dizer o que quero de forma apropriada. Sabe, é tão difícil se explicar, não acha? Não, talvez o senhor não ache. Mas veja, não fui educada no estilo moderno... tive apenas um professor que ensinava as datas dos reis da Inglaterra e conhecimentos gerais, sabe. Dr. Brewer, três tipos de moléstias do trigo... mangra, míldio e... qual era a terceira... carvão?

– A senhora gostaria de falar sobre o carvão? – perguntou o inspetor Slack e em seguida enrubesceu.

– Ah, não, não – Miss Marple logo negou qualquer desejo de falar sobre o carvão. – Apenas um exemplo, entendeu? Como as bússolas são feitas e tudo mais. Argumentativo, sabe, mas não ensina a pessoa a manter o foco no assunto. E é isso o que quero fazer. É sobre a criada da srta. Skinner, Gladys, sabe.

– Mary Higgins – rebateu o inspetor Slack.

– Ah, sim, a segunda criada. Mas eu me refiro a Gladys Holmes... uma garota bastante insolente e muito cheia de si, mas de fato muito honesta, e é muito importante que isso seja reconhecido.

– Até onde eu sei não há acusação alguma contra ela – disse o inspetor.

– Não, sei que não existe uma acusação, mas isso torna tudo ainda pior. Porque, veja, as pessoas começam a pensar coisas. Ah, meu Deus... sei que explicarei tudo de modo confuso. O que quero mesmo dizer é que o mais importante é encontrar Mary Higgins.

– Com certeza – concordou o inspetor Slack. – Tem alguma ideia sobre isso?

– Bem, na verdade, tenho – admitiu Miss Marple. – Posso perguntar-lhe uma coisa? Impressões digitais têm alguma utilidade para o senhor?

– Ah – disse o inspetor Slack –, nesse ponto ela nos pareceu bastante hábil. Fez a maior parte do trabalho com luvas de borracha ou de cozinha, parece. E foi cuidadosa... limpou tudo no quarto dela e na pia. Não foi encontrada nenhuma impressão digital no lugar!

– Se o senhor tivesse as impressões digitais, ajudaria?

– É provável, senhora. Ficariam sabendo na Yard. Este não é o primeiro trabalho dela, posso afirmar!

Miss Marple concordou com um aceno de cabeça, satisfeita. Abriu a bolsa e retirou uma pequena caixa de papelão. Dentro da caixa, envolvido em lã de algodão, estava um espelhinho.

– Da minha bolsa – disse Miss Marple. – As impressões da criada estão nele. Acho que devem ser suficientes... ela havia tocado numa substância bastante grudenta no momento anterior.

O inspetor Slack arregalou os olhos:

– A senhora pegou as impressões digitais dela de propósito?

– Claro.

– Então a senhora suspeitava dela?

– Bem, sabe, me intrigava que ela fosse um tanto boa demais para ser verdade. Fiz um comentário desse tipo para a srta. Lavinia. Mas ela simplesmente não entendeu a indireta! Acho, sabe, inspetor, que não acredito em modelos de perfeição. Muitos de nós temos nossos defeitos... e eles se revelam, sem demora, nos serviços domésticos!

– Bem – disse o inspetor Slack, recuperando-se do susto –, sou grato à senhora, com certeza. Enviaremos isto a Yard e veremos o que eles têm a dizer.

Ele parou. Miss Marple tinha posicionado a cabeça um pouco para o lado e estava observando-o de um modo bastante expressivo.

– O senhor não consideraria, inspetor, observar a casa um pouco mais de perto?

– O que a senhora quer dizer, Miss Marple?

– É muito difícil de explicar, mas quando a gente se depara com uma coisa peculiar, consegue perceber. Embora, muitas vezes, coisas peculiares possam ser meros detalhes. Senti isso o tempo todo, sabe; digo em relação a Gladys e o broche. Ela é uma garota honesta; não pegou aquele broche. Então por que a srta. Skinner achou que ela tivesse pegado? A srta. Skinner não é boba; muito pelo contrário! Por que ela estava tão ansiosa para deixar uma garota, que era uma boa criada, ir embora, sendo que é muito difícil arranjar empregados? Isso é algo peculiar, entende. Então fiquei intrigada. Fiquei muito intrigada. E observei outra coisa peculiar! A srta. Emily é hipocondríaca, mas ela é a única hipocondríaca que não foi examinada por um ou outro médico alguma vez. Hipocondríacos adoram médicos, mas a srta. Emily não!

– O que a senhora está sugerindo, Miss Marple?

– Bem, sabe, estou sugerindo que a srta. Lavinia e a srta. Emily são pessoas peculiares. A srta. Emily passa quase o tempo todo num quarto escuro. E se aquele cabelo dela não é uma peruca, eu... eu não me chamo Miss Marple! E o que tenho a dizer é isto... é perfeitamente possível para uma mulher magra, pálida, de cabelos acinzentados e chorosa ser igual a uma mulher rechonchuda, corada e de cabelos negros. E ninguém que eu conheça jamais viu a srta. Emily e Mary Higgins juntas ao mesmo tempo. Houve tempo suficiente para tirar cópias de todas as chaves, tempo suficiente para descobrir tudo sobre os outros moradores e, por fim, para livrar-se da criada local. Certa noite a srta. Emily fez um rápido passeio pela cidade e chegou na estação como Mary Higgins no dia seguinte. E depois, no momento certo, Mary Higgins desapareceu e começaram as buscas. Vou lhe dizer onde o senhor vai encontrá-la, inspetor. No sofá da srta. Emily Skinner! Pegue as impressões digitais dela, se o senhor não acredita em mim, e vai descobrir que estou certa! Uma dupla de ladras esperta, é isso o que as Skinner são! E não resta dúvida de que estão mancomunadas com um esperto receptador ou uma quadrilha ou seja lá o nome que tiver. Mas não vão escapar com a mercadoria desta vez! Não vou deixar que a honestidade de uma das nossas garotas da vila seja comprometida dessa forma! Gladys

Holmes é tão honesta quanto possível, e todos vão saber disso! Boa tarde!

Miss Marple andou a passos largos antes que o inspetor Slack se recuperasse.

– Caramba! – murmurou. – Será que ela está certa?

Logo ele descobriu que Miss Marple tinha razão mais uma vez.

O coronel Melchett cumprimentou Slack pela eficiência, e Miss Marple recebeu Gladys para um chá com Edna e falou com ela sobre estabelecer-se de verdade quando conseguisse um bom emprego.

A extravagância de Greenshaw

I

Os dois homens viraram a esquina de arbustos.

– Bem, aqui está – disse Raymond West. – É isso.

Horace Bindler respirou fundo, apreciando.

– Nossa – falou –, que maravilha!

A voz dele elevou-se num tom alto de deleite estético, e em seguida intensificou-se em admiração reverente.

– É inacreditável! De outro mundo! Uma obra histórica das melhores.

– Sabia que você ia gostar – disse Raymond West, de modo complacente.

– Gostar? Meu querido...

Faltaram palavras para Horace. Desatou a tira da sua câmera e manteve-se ocupado.

– Essa será uma das preciosidades da minha coleção – disse, alegre. – Acho, de verdade, que é muito mais divertido ter uma coleção de excentricidades, concorda? A ideia me surgiu certa noite, há sete anos, durante o banho. Minha última preciosidade real foi no Campo Santo de Gênova, mas acredito de fato que essa aqui bate aquela. Como se chama?

– Não tenho a menor ideia – respondeu Raymond.

– Suponho que tenha um nome, não?

– Deve ter. Mas o fato é que nunca foi referida por aqui como outra coisa além de a extravagância de Greenshaw.

– Greenshaw foi o homem que a construiu?

– Foi. Em 1860 ou 1870, por aí. O grande acontecimento local da época. Um garoto sem nada que construiu uma enorme fortuna. A opinião local divide-se quanto ao motivo que o levou a construir essa casa, se foi para mostrar a opulência da riqueza ou para impressionar seus credores. No segundo caso não os impressionou. Ele foi à falência do mesmo jeito, ou quase isso. Daí o nome, a extravagância de Greenshaw.

A câmera de Horace disparou.

– Aqui está – disse com uma voz satisfeita. – Me lembre de lhe mostrar a número 310 da minha coleção. Uma inacreditável cornija de mármore em estilo italiano.

Acrescentou, olhando para a casa:

– Não consigo imaginar como o sr. Greenshaw concebeu tudo isso.

– Bastante óbvio em certos aspectos – observou Raymond. – Ele visitou os castelos do Loire, não acha? Aquelas torres pequenas e arredondadas. E também parece ter viajado pelo oriente. A influência do Taj Mahal é evidente. Prefiro o anexo mourisco – acrescentou – e os traços de um palácio veneziano.

– As pessoas devem se perguntar como ele conseguiu um arquiteto para executar essas ideias.

Raymond encolheu os ombros.

– Suponho que não teve dificuldade quanto a isso – rebateu. – É muito provável que o arquiteto tenha se aposentado com uma boa quantia para o resto da vida enquanto o pobre velho Greenshaw ia à falência.

– Podemos observá-la pelo outro lado? – perguntou Horace. – Ou estaríamos invadindo a propriedade?

– Já estamos invadindo – respondeu Raymond –, mas não acho que isso tenha importância.

Ele virou-se em direção à esquina da casa, e Horace foi atrás dele.

– Mas o que é essa casa, meu querido? Uma hospedaria, um orfanato? Não pode ser uma escola. Não há quadras de jogos nem capacidade suficiente.

– Ah, ainda há uma Greenshaw morando aqui – disse Raymond, olhando para trás. – A casa em si não foi à falência. O filho do velho Greenshaw a herdou. Ele era um tanto sovina e morou aqui, num canto da casa. Nunca gastou um centavo. É provável que nunca tenha tido um centavo para gastar. A filha dele mora aqui agora. Uma velha bastante excêntrica.

Enquanto falava, Raymond vangloriava-se por ter pensado na extravagância de Greenshaw como uma forma de entreter seu hóspede. Esses críticos literários sempre revelam o desejo de um fim de semana no interior, mas quando conseguem ir costumam achá-lo muito tedioso. Amanhã teriam os jornais de domingo, e por hoje Raymond West estava satisfeito com a sugestão de um programa que enriqueceria a tão conhecida coleção de excentricidades de Horace Bindler.

Contornaram a esquina da casa e saíram num gramado malcuidado. Em um dos cantos havia um jardim artificial de pedras e plantas, e curvada sobre ele havia uma figura que, ao avistá-la, Horace agarrou encantado o braço de Raymond.

– Meu querido! – exclamou. – Vê o que ela está usando? Um vestido estampado com enfeites de ramos. Igual ao de uma criada de quarto, na época em que havia criadas de quarto. Uma de minhas lembranças mais queridas é de uma casa no interior, quando eu não era mais que um garoto, e uma criada de quarto de verdade vinha lhe acordar de manhã, toda enfeitada com um vestido estampado e uma touca de rede. Sim, meu caro, sem dúvida, uma touca de rede. De musselina e com fitas. Não, talvez fosse a copeira que tivesse as fitas. Mas, de todo jeito, era uma criada de quarto de verdade e ela me trazia uma enorme vasilha de metal com água quente. Que dia formidável estamos tendo!

A figura de vestido estampado levantou-se e foi em direção a eles, com a espátula na mão. Sem dúvida era uma figura surpreendente. Cachos desgrenhados de cabelo grisalho caíam ao acaso em seus ombros, um chapéu de palha muito semelhante ao usado pelos cavalos na Itália estava enfiado em sua cabeça. O vestido estampado colorido que vestia estendia-se até os tornozelos. Protegido do sol, um rosto um pouco sujo com olhos atentos examinava-os com cuidado.

– Devo me desculpar pela invasão, srta. Greenshaw – disse Raymond West, enquanto avançava em direção a ela –, mas o sr. Horace Bindler, que me acompanha...

Horace curvou-se e tirou o chapéu.

– ... é muito interessado em... hum... história antiga e... hum... belas construções.

Raymond West falou com a facilidade de um autor reconhecido que sabe que é uma celebridade e que pode aventurar-se em situações que outras pessoas não podem.

A srta. Greenshaw direcionou o olhar para a enorme exuberância atrás dela.

– *É* uma bela casa – disse, apreciando. – Meu avô a construiu, quando eu ainda nem era viva, claro. Contam que ele falou que pretendia surpreender os nativos.

– Diria que ele conseguiu, senhora – disse Horace Bindler.

– O sr. Bindler é um crítico literário de renome – informou Raymond West.

Ficou claro que a srta. Greenshaw não tinha veneração alguma por críticos literários. Ela permaneceu indiferente.

– Considero-a – disse a srta. Greenshaw referindo-se à casa – um monumento à genialidade de meu avô. Uns idiotas tolos vêm aqui e me perguntam por que não vendo a casa e vou morar num apartamento. O que *eu* faria num apartamento? É minha casa e moro nela – disse a srta. Greenshaw. – Sempre morei aqui – refletiu, pensando sobre o passado. – Havia três de nós. Laura casou-se com o pároco auxiliar. Papai não lhe deu dinheiro algum, dizia que os clérigos não deviam ser apegados às coisas mundanas. Ela morreu ao dar à luz. O bebê também não sobreviveu. Nettie fugiu com o professor de equitação. Papai tirou-a do seu testamento, claro. Um sujeito bonito, Harry Fletcher, mas ruim. Não acho que Nettie tenha sido feliz com ele. De todo jeito, ela não viveu muito. Tiveram um filho. Ele me escreve às vezes, mas claro que não é um Greenshaw. *Eu* sou a última Greenshaw.

Ergueu os ombros curvados com certo orgulho e endireitou a aba desfeita do chapéu de palha. Em seguida, virando-se, disse atenta:

– Sim, sra. Cresswell, o que é?

Saindo da casa e aproximando-se deles surgiu uma figura que, vista lado a lado com a srta. Greenshaw, parecia diferente em todos os aspectos. A sra. Cresswell tinha os cabelos penteados de forma impecável, levantados para cima com elegância, enrolados de forma meticulosa em cachos. Era como se tivesse arrumado o cabelo para ir a uma festa de gala tal qual uma marquesa da França. De resto, a figura de meia-idade vestia algo parecido a uma seda preta macia, mas era na verdade uma variedade brilhante de seda artificial. Embora não fosse gorda, tinha o busto farto e proeminente. Quando falou, de súbito sua voz ecoou grave. Falava com uma dicção diferente. Uma leve hesitação ao pronunciar palavras iniciadas com "s" ou que tivessem o som de "s" no meio delas levantava a suspeita de que em algum período remoto da sua juventude devia ter tido problemas com esse fonema.

– O peixe, senhora – disse a sra. Cresswell –, as postas de bacalhau. Não vieram. Pedi a Alfred para buscá-las, mas ele se recusa a fazer isso.

Sem que ninguém esperasse, a srta. Greenshaw deu uma gargalhada.

– Ele se recusa, é?

– Senhora, Alfred tem sido muito desobediente.

De repente, a srta. Greenshaw levantou dois dedos sujos de terra até os lábios, emitiu um assobio estridente e logo depois berrou:

— Alfred. Alfred, venha aqui.

Virando a esquina da casa, um jovem apareceu em resposta à chamada, carregando uma pá na mão.

Tinha um rosto bonito e valente. Ao se aproximar, lançou um olhar claramente malévolo para a sra. Cresswell.

— A senhorita me chamou? — indagou.

— Sim, Alfred. Soube que você recusou-se a ir buscar o peixe. O que está acontecendo?

Alfred respondeu com uma voz aborrecida.

— Vou buscá-lo, se é isso que quer, senhorita. É só dizer.

— Pois eu quero. Quero peixe na minha janta.

— Como quiser, senhorita. Vou agora mesmo.

Dirigiu um olhar insolente para a sra. Cresswell, que enrubesceu e murmurou entre os dentes:

— Nossa! Insuportável!

— Agora, tenho que falar — disse a srta. Greenshaw —, uma dupla de visitantes desconhecidos é exatamente o que precisamos, não acha, sra. Cresswell?

A sra. Cresswell pareceu confusa.

— Como, senhora...

— Para você-sabe-o-quê — disse a srta. Greenshaw, balançando a cabeça de modo afirmativo. — Os beneficiários de um testamento não podem servir de testemunhas dele. Não é isso?

Ela voltou-se para Raymond West.

– Isso mesmo – confirmou Raymond.

– Conheço o bastante sobre leis para saber isso – disse a srta. Greenshaw. – E os senhores são homens de reputação.

Ela jogou a espátula na cesta.

– Gostariam de vir até a biblioteca comigo?

– Adoraríamos – respondeu Horace, ansioso.

Fizeram o caminho passando pelas janelas francesas e por uma ampla sala de visitas amarelo-dourada, com brocados desbotados nas paredes e uma camada de poeira cobrindo os móveis. Depois passaram por um grande corredor escuro, subiram as escadas e entraram num cômodo, no primeiro andar.

– A biblioteca do meu avô – anunciou.

Horace olhou em volta da biblioteca com um prazer enorme.

Do ponto de vista dele, era um cômodo repleto de excentricidades. Cabeças de esfinges surgiam nas mais improváveis partes dos móveis, havia uma estátua de bronze colossal, que representava, deduziu, Paulo e Virgínia, e um relógio de bronze enorme com adornos clássicos dos quais ele desejava tirar fotos.

– Uma boa coleção de livros – disse a srta. Greenshaw.

Raymond já estava conferindo os livros. De acordo com o que pôde observar após uma olhada rápida, não havia livro algum ali de interesse particular ou, de fato, nenhum livro que parecesse ter sido lido. Todos faziam parte de coleções dos clássicos, encadernadas com elegância, fornecidas noventa anos atrás para suprir a biblioteca de um cavalheiro. Alguns romances antigos estavam incluídos. No entanto, também apresentavam poucos sinais de terem sido lidos.

A srta. Greenshaw estava remexendo as gavetas de uma mesa comprida. Por fim, retirou um pergaminho.

– Meu testamento – esclareceu. – Tenho que deixar o dinheiro para alguém... ou é o que dizem. Se eu morrer sem um testamento, suponho que o filho de um negociante de cavalos irá tomá-lo. Um sujeito bonito, Harry Fletcher, mas um malandro da pior espécie. Não vejo por que o filho *dele* deveria herdar este lugar. Não – continuou, como se respondesse a uma suposta objeção –, já decidi. Vou deixá-lo para Cresswell.

– Para sua governanta?

– Sim. Já expliquei a ela. Fiz um testamento deixando-lhe tudo que tenho, e então não preciso pagar-lhe salário. Economizo bastante com as despesas correntes e a mantenho dentro da linha. Ela não me dá trabalho, nem fica passeando a qualquer hora. Ela é bastante esnobe, não é? Mas o pai dela era um encanador bem simples. *Ela* não é ninguém para querer se gabar.

Nesse instante ela abriu o pergaminho. Pegando uma caneta, mergulhou-a no tinteiro e assinou, Katherine Dorothy Greenshaw.

– Aqui está – disse. – Os senhores me viram assiná-lo, e agora os dois assinam e isso faz dele um documento legal.

Ela passou a caneta para Raymond West. Ele hesitou por um momento, sentindo uma repulsa inesperada pelo que haviam lhe pedido para fazer. Em seguida rabiscou com pressa a assinatura bem conhecida, para qual seu correio matinal costumava trazer pelo menos seis correspondências diárias.

Horace pegou a caneta da mão de Raymond e acrescentou sua assinatura diminuta.

– Está feito – disse a srta. Greenshaw.

Foi em direção à estante e permaneceu olhando para eles de modo vago. Depois abriu uma porta de vidro, pegou um livro e enfiou nele o pergaminho dobrado.

– Tenho meus próprios lugares para guardar as coisas – disse.

– *O segredo de Lady Audley* – observou Raymond West, vendo de relance o título enquanto o livro era guardado.

A srta. Greenshaw deu mais uma gargalhada.

– Um sucesso de vendas no seu tempo – comentou. – Diferente dos seus livros, hein?

Deu uma cutucada amigável e repentina nas costelas de Raymond. Ele ficou muito surpreso por ela ao menos saber que ele escrevia livros. Embora Raymond West fosse um tanto conhecido na literatura, não poderia ser considerado um sucesso de vendas. Ainda que suavizado um pouco pelo advento da meia-idade, seus livros lidavam de modo frio com o lado torpe da vida.

– Poderia – Horace pediu sem fôlego – apenas tirar uma foto do relógio?

– Com certeza – anuiu a srta. Greenshaw. – Acredito que ele veio de uma exposição em Paris.

– É muito provável – concordou Horace.

Ele tirou a foto.

– Esta biblioteca não tem sido muito utilizada desde o tempo do meu avô – informou a srta. Greenshaw. – Essa mesa é cheia de antigos diários dele. Interessante, acredito. Não tive vistas para lê-los. Gostaria de publicá-los, mas suponho que alguém teria que trabalhar bastante neles.

– Poderia encarregar alguém para fazer isso – sugeriu Raymond West.

– Poderia mesmo. É uma ideia, sabe. Vou pensar sobre isso.

Raymond West deu uma olhada para o relógio.

– Não vamos tomar mais o seu tempo – disse.

– Foi um prazer vê-los – disse a srta. Greenshaw de forma cordial. – Pensei que fosse um policial quando o vi contornando a esquina da casa.

– Por que um policial? – indagou Horace, que nunca se importava em fazer perguntas.

A srta. Greenshaw respondeu de modo inesperado.

– Se quer saber as horas, pergunte a um policial – brincou, e cutucou as costelas de Horace e deu uma gargalhada sonora.

– Foi uma tarde maravilhosa – suspirou Horace enquanto voltavam para casa. – Realmente aquele lugar tem de tudo. A única coisa que a biblioteca precisa é de um corpo. Aquelas velhas histórias de detetive sobre assassinato na biblioteca... tenho certeza de que é justo esse tipo de biblioteca que os autores têm em mente.

– Se quer discutir sobre assassinato – disse Raymond –, deve conversar com minha tia Jane.

– Sua tia Jane? Você quer dizer Miss Marple?

Ele sentiu-se um pouco perdido.

A velha senhora encantadora à qual havia sido apresentado na noite anterior parecia ser a última pessoa que cogitaria em relação a assassinatos.

– Isso mesmo – respondeu Raymond. – Assassinato é uma especialidade dela.

– Mas meu querido, que coisa intrigante! O que quer dizer exatamente?

– Quis dizer apenas o seguinte – anunciou Raymond e parafraseou: – Certos tipos cometem homicídio, alguns se envolvem em assassinatos e outros têm os crimes confiados a eles. Minha tia Jane entra no terceiro grupo.

– Você está brincando.

– Nem um pouco. Posso colocá-lo em contato com o antigo comissário da Scotland Yard, com vários chefes de polícia e alguns inspetores diligentes do Departamento de Investigação Criminal da Yard.

Horace disse, animado, que milagres sempre acontecem. À mesa do chá, eles apresentaram a Joan West, esposa de Raymond, a Lou Oxley, sua sobrinha, e à velha Miss Marple, um resumo dos acontecimentos da tarde, recontando em detalhes tudo que a srta. Greenshaw havia lhes dito.

– Mas continuo achando – disse Horace – que tem algo *sinistro* nisso tudo. Aquela criatura com ar de duquesa, a governanta... talvez arsênico no chá, agora que ela sabe que a patroa fez um testamento em seu benefício?

– Diga-nos, tia Jane – pediu Raymond. – Vai haver assassinato ou não? O que a *senhora* acha?

– Acho – respondeu Miss Marple, torcendo sua lã com um ar bastante sério – que não se deve brincar com as coisas desse jeito, Raymond. Arsênico é, sem dúvida, uma *boa* possibilidade. Tão fácil de obter. É provável que já tenha um na casa de ferramentas, na forma de um herbicida.

– Acha mesmo, querida? – disse Joan West, afetuosa. – Não seria muito óbvio?

– Tudo muito apropriado para fazer um testamento – disse Raymond. – Não acredito mesmo que a pobre velha tenha alguma coisa para deixar, a não ser o tremendo elefante branco que é aquela casa. E quem ia querer aquilo?

– Uma companhia de cinema – sugeriu Horace –, ou um hotel ou uma instituição?

– Eles gostariam de comprar a casa a preço de banana – rebateu Raymond, mas Miss Marple estava balançando a cabeça em sentido negativo.

– Sabe, querido Raymond, não concordo com você nesse ponto. Quanto ao dinheiro, digo. O avô era, com certeza, um desses pródigos esbanjadores que fazem dinheiro de modo fácil, mas que não conseguem guardá-lo. Ele deve ter quebrado, como você disse, mas não deve ter ido à falência, caso contrário seu filho não teria herdado a casa. Quanto ao filho, como de costume tinha uma personalidade bem diferente da do pai. Um sovina. Um homem que economizava cada centavo. Diria que ao longo da sua vida é provável que tenha juntado uma boa quantia. Essa srta. Greenshaw parece ter puxado a ele, pois não gosta de gastar dinheiro, sem dúvida. Sim, acho que é muito provável que ela tenha uma boa quantia guardada.

– Nesse caso – disse Joan West –, gostaria de saber... que tal a Lou?

Olharam para Lou enquanto se sentava, calada, ao lado da lareira.

Lou era sobrinha de Joan West. Seu casamento tinha, como ela mesma dizia, fracassado, há pouco tempo, deixando-a com duas crianças e um rombo financeiro que mal dava para sustentá-los.

– Quero dizer – explicou-se Joan –, se essa srta. Greenshaw quer mesmo alguém para ler os diários do começo ao fim e preparar um livro para publicação...

– É uma possibilidade – falou Raymond.

Lou disse em voz baixa:

– É um trabalho que poderia fazer... e gostaria de fazê-lo.

– Vou escrever para ela – disse Raymond.

– Queria saber – disse Miss Marple, pensativa – o que a velha senhora quis dizer com aquele comentário sobre um policial.

– Ah, era apenas uma piada.

– Isso me lembrou – disse Miss Marple, fazendo sinal positivo com a cabeça de forma vigorosa –, sim, isso me lembrou muito o sr. Naysmith.

– Quem foi o sr. Naysmith? – perguntou Raymond, curioso.

– Ele criava abelhas – respondeu Miss Marple – e era muito bom em solucionar as palavras cruzadas dos jornais de domingo. E ele gostava de dar às pessoas impressões falsas apenas por divertimento. Mas às vezes isso trazia problemas.

Todos ficaram em silêncio por uns instantes, pensando no sr. Naysmith, mas como não parecia haver semelhança alguma entre ele e a srta. Greenshaw, pensaram que a querida tia Jane talvez estivesse ficando um *pouquinho* desconexa devido à idade.

II

Horace Bindler voltou para Londres sem coletar mais excentricidades, e Raymond West escreveu uma carta para a srta. Greenshaw contando-lhe que sabia de uma sra. Louisa Oxley que teria competência para encarregar-se do trabalho com os diários. Após alguns dias chegou uma carta, escrita em caligrafia antiquíssima, em que a srta. Greenshaw revelava-se ansiosa para utilizar-se dos serviços da sra. Oxley, e solicitava um encontro com a tal senhora para que a conhecesse.

Lou marcou logo o encontro, condições generosas foram acertadas e ela começou a trabalhar no dia seguinte.

– Sou muito grata a você – disse para Raymond. – Tudo se encaixa de modo perfeito. Posso levar as crianças à escola, ir à extravagância de Greenshaw e pegá-las na volta. É incrível como tudo deu certo! Só vendo para acreditar naquela velha senhora.

No fim da tarde do seu primeiro dia de trabalho, ela retornou e contou como foi seu dia.

– Quase não vi a governanta – disse. – Ela entrou com café e biscoitos às onze e meia, com a boca torcida e cerrada, e quase não falou comigo. Acho que ela não concorda nem um pouco com a minha contratação.

Prosseguiu:

– Parece haver quase uma rixa entre ela e o jardineiro, Alfred. É um rapaz daqui e é bastante indolente, imagino, e os dois não se falam. A srta. Greenshaw disse do seu jeito distinto: "Até onde me lembro, sempre houve rixas entre os jardineiros e os empregados da casa. Era a mesma coisa no tempo do meu avô. Naquela época, havia três homens e um rapaz no jardim, e oito criadas na casa, mas sempre tinha atrito".

No dia seguinte, Lou retornou com mais novidades.

– Adivinhem? – disse. – Hoje de manhã fui incumbida a telefonar para o sobrinho.

— O sobrinho da srta. Greenshaw?

— Sim. Parece que ele é ator de uma companhia que está se apresentado na temporada de verão do Boreham on Sea. Liguei para o teatro e deixei uma mensagem convidando-o para um almoço amanhã. Muito divertido, na verdade. A velha não queria que a governanta soubesse. Acho que a sra. Cresswell fez alguma coisa que a deixou aborrecida.

— Amanhã mais um episódio dessa novela assustadora — murmurou Raymond.

— É igualzinho a uma novela, não é? Reconciliação com o sobrinho, o sangue é mais forte que tudo... novo testamento a ser feito e o antigo será desfeito.

— Tia Jane, a senhora está muito séria.

— Estou, minha querida? Ouviu mais alguma coisa sobre policiais?

Lou pareceu confusa.

— Não sei nada sobre policiais.

— Aquele comentário dela, minha querida — disse Miss Marple — deve significar *alguma coisa*.

No dia seguinte Lou chegou ao trabalho de bom humor. Passou pela porta da frente que estava aberta; as portas e janelas da casa estavam sempre abertas. A srta. Greenshaw parecia não temer assaltantes, o que era justificado, pois a maioria dos objetos da casa pesava muitas toneladas e não tinha valor no mercado.

Lou passou por Alfred no caminho. Quando o viu pela primeira vez, estava apoiado numa árvore, fumando um cigarro, mas assim que ele a notou, pegou uma vassoura e começou a varrer as folhas com atenção. Um jovem preguiçoso, pensou, mas bonito. Os traços dele lembravam-lhe alguém. Quando atravessou o corredor a caminho da biblioteca lá em cima, deu uma olhada para a grande imagem de Nathaniel Greenshaw, que ocupava posição de destaque acima da cornija da lareira, mostrando-se no auge da prosperidade vitoriana, recostado numa poltrona enorme, com as mãos repousadas na corrente de ouro do relógio de bolso, cruzadas sobre seu estômago volumoso. Quando o olhar dela moveu-se do estômago para o rosto com bochechas salientes, sobrancelhas grossas e um viçoso bigode preto, ocorreu-lhe o pensamento de que Nathaniel Greenshaw deveria ter sido bonito quando jovem. Talvez se parecesse um pouco com Alfred...

Ela entrou na biblioteca, fechou a porta, abriu a máquina de escrever e tirou os diários da gaveta na lateral da mesa. Através da janela aberta viu, de repente, a srta. Greenshaw com uma roupa enfeitada com folhas de cor marrom-avermelhada, curvada sobre o jardim artificial de pedras e plantas, capinando de modo incansável. Havia feito dois dias de chuva, dos quais as ervas daninhas tinham tirado proveito.

Lou, uma moça criada na cidade, decidiu que se um dia tivesse um quintal, ele jamais abrigaria um jardim ornamental que precisasse ser capinado à mão. Em seguida ela concentrou-se no trabalho.

Quando a sra. Cresswell entrou na biblioteca com a bandeja de café, às onze e meia, ela estava sem dúvida de muito mau humor. Bateu a bandeja na mesa e falou para o nada:

– Visita para o almoço... e não tem nada na casa! O que *eu* devo fazer? Gostaria de saber. E nem sinal de Alfred.

– Quando cheguei ele estava varrendo a entrada para carros da casa – informou Lou.

– É o que eu digo. Um trabalhinho bobo.

A sra. Cresswell saiu do cômodo e bateu a porta. Lou deu risada sozinha. Ficou imaginando como seria o "sobrinho".

Ela terminou o café e voltou a se concentrar no trabalho. Era tão cativante que o tempo passou rápido. Nathaniel Greenshaw, quando começou a escrever um diário, entregou-se aos prazeres da confidência. Examinando uma passagem relacionada ao charme particular de uma garçonete da cidade vizinha, Lou achou que seria necessária uma boa edição.

Enquanto pensava nisso foi surpreendida por um grito vindo do jardim. Deu um pulo e correu para a janela aberta. A srta. Greenshaw estava cambaleando, saindo do jardim ornamental em direção a casa. Suas mãos apertavam o peito, e entre elas projetava-se uma haste emplumada, que Lou identificou, estupefata, ser a haste de uma flecha.

A cabeça da srta. Greenshaw, com seu chapéu de palha gasto, caiu para frente, por cima do peito. Ela gritou para Lou com uma voz falha:

– ...me atingiu... ele me atingiu... com uma flecha... peça ajuda...

Lou correu para a porta. Virou a maçaneta, mas a porta não abria. Foram necessárias algumas tentativas inúteis para se dar conta de que estava trancada. Correu de volta para a janela.

– Estou trancada.

A srta. Greenshaw, com as costas viradas para Lou e girando um pouco os pés, estava gritando para a governanta numa janela mais distante.

– Chame a polícia... ligue...

Em seguida, balançando-se de um lado para o outro como bêbada, desapareceu da vista de Lou, entrando na sala de visitas debaixo da janela. Logo depois, Lou ouviu um barulho de louça quebrando, uma queda forte e, por fim, silêncio. A imaginação dela reconstruiu a cena. A srta. Greenshaw deve ter cambaleado às escuras até uma mesa pequena contendo um jogo de chá de porcelana de Sèvres.

Desesperada, Lou batia à porta, chamando e gritando. Não havia uma trepadeira nem um cano de escoamento do lado de fora da janela que pudesse ajudá-la a escapar dali.

Por fim, cansada de bater à porta, voltou para a janela. A cabeça da governanta apareceu na janela da sala de visitas defronte, bem distante.

— Venha aqui e me deixe sair, sra. Oxley. Estou trancada.

— Também estou.

— Meu Deus, não é terrível? Liguei para a polícia. Tem uma extensão aqui no cômodo, mas o que não consigo entender, sra. Oxley, é como ficamos trancadas. *Eu* não ouvi nenhuma chave girar, e a senhora?

— Não. Não ouvi nada. Oh, Deus, o que devemos fazer? Talvez Alfred possa nos ouvir.

Lou gritou o máximo que pôde:

— Alfred, Alfred.

— Deve ter ido almoçar, como sempre. Que horas são?

Lou deu uma olhada no seu relógio.

— 12h25.

— Ele não deveria sair antes do meio-dia e meia, mas escapa sempre que pode.

— Acha que... acha que...

Lou queria perguntar "acha que ela está morta?", mas as palavras ficaram presas na sua garganta.

163

Não havia nada a fazer a não ser esperar. Lou acomodou-se no peitoril da janela. Pareceu uma eternidade até a figura impassível do chefe de polícia com seu capacete aparecer na esquina da casa. Ela apoiou-se na janela e ele olhou para cima em direção a ela, protegendo os olhos da claridade com as mãos. Quando falou, sua voz era de reprovação.

– O que está acontecendo aqui? – perguntou, contrariado.

De suas respectivas janelas, Lou e a sra. Cresswell despejaram uma enxurrada de informações confusas em cima dele.

O chefe de polícia providenciou um caderno de anotações e um lápis.

– As senhoras subiram as escadas e se trancaram? Posso perguntar os nomes das duas, por favor?

– Não. Alguém trancou a gente. Ajude-nos a sair.

O chefe de polícia falou de modo repreensivo:

– Cada coisa a seu tempo – e desapareceu debaixo da janela.

Outra vez a espera pareceu uma eternidade. Lou ouviu o barulho de um carro chegando e, após o que parecia ter sido uma hora, mas foram apenas três minutos, a sra. Cresswell e Lou, nessa ordem, foram soltas por um sargento da polícia mais ágil do que o outro policial.

— E a srta. Greenshaw? — a voz de Lou vacilou. — O que... o que aconteceu?

O sargento limpou a garganta.

— Lamento ter que contar, senhora — começou —, o que já falei para a sra. Cresswell. A srta. Greenshaw está morta.

— Assassinada — disse a sra. Cresswell. — Foi o que aconteceu, assassinato.

O sargento ponderou, duvidoso:

— Pode ter sido um acidente... uns rapazes locais atirando com arco e flecha.

Mais uma vez ouviu-se o som de um carro chegando. O sargento falou:

— Deve ser o médico legista — e desceu as escadas.

No entanto, não era o médico legista. Enquanto Lou e a sra. Cresswell desciam as escadas, um rapaz surgiu, hesitante, na porta de entrada, e parou, olhando ao redor com um aspecto um tanto desnorteado.

Em seguida, falando com uma voz aprazível que, de alguma forma, soava familiar a Lou (talvez a voz fosse semelhante à da srta. Greenshaw), ele perguntou:

— Com licença, a... hum... a srta. Greenshaw mora aqui?

— Pode me dizer seu nome, por favor — pediu o sargento dirigindo-se a ele.

— Fletcher — respondeu o rapaz. — Nat Fletcher. Sou o sobrinho da srta. Greenshaw, na verdade.

— Entendido, senhor, bem... sinto muito... tenho certeza de que...

— Aconteceu alguma coisa? – perguntou Nat Fletcher.

— Houve um... acidente... sua tia foi atingida por uma flecha... penetrou a veia jugular...

A sra. Cresswell disse de modo histérico e sem o aprimoramento costumeiro:

— Zua tia foi azazinada, foi o que acontezeu. Zua tia foi azazinada.

III

O inspetor Welch aproximou um pouco sua cadeira da mesa e passou os olhos em cada uma das quatro pessoas que ali estavam. Era o fim da tarde daquele mesmo dia. Ele foi à casa dos West para pegar, mais uma vez, o depoimento de Lou Oxley.

— Tem certeza de que essas foram as palavras exatas? "Me atingiu... ele me atingiu... com uma flecha... peça ajuda."

Lou assentiu com um gesto.

— E quanto ao horário?

– Olhei para o meu relógio instantes depois... era então 12h25.

– Seu relógio funciona bem?

– Olhei para o relógio de parede também.

O inspetor voltou-se para Raymond West.

– Parece, senhor, que cerca de uma semana atrás o senhor e um tal de sr. Horace Bindler foram testemunhas do testamento da srta. Greenshaw.

De forma breve, Raymond relatou os eventos da visita que havia feito à extravagância de Greenshaw junto ao sr. Horace Bindler naquela tarde.

– Este seu depoimento pode ser importante – disse Welch. – A srta. Greenshaw disse-lhe de forma clara que o testamento dela havia sido feito em favor da sra. Cresswell, a governanta, para a qual ela não pagava nenhum salário em razão da perspectiva de a sra. Cresswell ser beneficiada com a morte dela, foi isso?

– Foi isso que ela me contou. Sim.

– Diria que a sra. Cresswell estava, com certeza, ciente desse fato?

– Diria que sim, sem dúvida. A srta. Greenshaw fez referência, na minha presença, de que os beneficiados não podiam ser testemunhas de um testamento, e a sra. Cresswell com certeza entendeu o que ela quis dizer com isso. Além disso, a própria srta. Greenshaw disse-me que havia chegado a esse acordo com a sra. Cresswell.

– Então a sra. Cresswell tinha razão para acreditar que era a parte beneficiada. O motivo era bastante claro no caso dela, e diria que seria nossa principal suspeita no momento, não fosse pelo fato de que com certeza estava trancada em seu cômodo, tal qual a sra. Oxley, e também que a sra. Greenshaw disse, sem dúvida, que um *homem* atirou nela...

– Ela *estava* mesmo trancada no cômodo?

– Ah, sim. Foi o sargento Cayley que a tirou de lá. Era uma fechadura grande e antiga, com uma chave também grande e antiga. A chave estava na fechadura e não havia como ter sido virada por dentro, nem ter havido alguma manobra do tipo. Não, pode ter certeza de que a sra. Cresswell foi trancada dentro daquele cômodo e não tinha como sair. Não havia nenhum arco e flecha no local e a srta. Greenshaw não poderia, em hipótese alguma, ter sido atingida por aquela janela, o ângulo não deixa dúvida. Não, a sra. Cresswell está fora disso.

Fez uma pausa e prosseguiu:

– Na sua opinião, diria que a srta. Greenshaw era uma trapaceira experiente?

Do canto onde estava, Miss Marple levantou os olhos com um movimento rápido.

– Então, depois de tudo, o testamento não era em benefício da sra. Cresswell? – ela conjecturou.

O inspetor Welch examinou-a de um jeito bastante surpreso.

– Esse é um palpite muito inteligente da sua parte, senhora – disse. – Não. A sra. Cresswell não foi nomeada como beneficiária.

– Da mesma forma como fez o sr. Naysmith – disse Miss Marple, balançando a cabeça em sentido afirmativo. – A srta. Greenshaw disse a sra. Cresswell que deixaria tudo para ela, e assim livrou-se de pagar-lhe um salário... e, entretanto, deixou o dinheiro para outra pessoa. Não tenho dúvida de que ela ficou demasiado satisfeita consigo mesma. Com certeza ela disfarçou o riso quando guardou o testamento dentro de *O Segredo de Lady Audley*.

– Foi uma sorte a sra. Oxley ter sido capaz de nos contar sobre o testamento e em que lugar estava – disse o inspetor. – Não fosse por isso, teríamos feito uma longa busca até encontrá-lo.

– Um senso de humor das antigas – murmurou Raymond West.

– Então, depois de tudo, ela deixou o dinheiro para o sobrinho – disse Lou.

O inspetor mexeu a cabeça de forma negativa.

– Não – disse –, ela não o deixou para Nat Fletcher. A história que corre por aqui... claro que sou novo no local e só soube da fofoca em segunda mão... mas parece que, tempos atrás, a srta. Greenshaw e sua irmã faziam investidas para cima do jovem e belo professor de equitação, e a irmã ficou com ele. Não, a srta. Greenshaw não deixou o dinheiro para o sobrinho... – ele fez uma pausa e coçou o queixo. – Ela deixou-o para Alfred – revelou.

– Alfred, o jardineiro? – Joan perguntou com um tom de surpresa na voz.

– Sim, sra. West. Alfred Pollock.

– Mas por quê? – bradou Lou.

Miss Marple tossiu e murmurou:

– Imagino, embora talvez esteja errada, que deve ter havido... o que chamamos de razões *familiares*.

– Pode chamá-las assim, de certa maneira – concordou o inspetor. – Parece que é um tanto bem conhecido na vila que Thomas Pollock, avô de Alfred, era um dos filhos ilegítimos do sr. Greenshaw.

– Claro – gritou Lou –, a semelhança! Percebi a semelhança hoje de manhã.

Ela lembrou-se de como, após passar por Alfred, entrara na casa e olhara para cima em direção à imagem do velho Greenshaw.

– Suponho que – disse Miss Marple – ela pensou que Alfred Pollock deveria ter orgulho da casa, queria, ao menos, morar nela, já que para seu sobrinho a casa não era de nenhuma serventia e ele a venderia assim que pudesse.

Ele é um ator, não é? Qual é mesmo a peça que ele está encenando no momento?

O inspetor Welch pensou que a velha senhora estava desviando do assunto, mas ainda assim respondeu de modo educado:

– Acredito, senhora, que estejam apresentando uma temporada de peças de James Barrie.

– Barrie – repetiu Miss Marple, pensativa.

– *What Every Woman Knows* – disse o inspetor Welch, e em seguida enrubesceu. – Esse é o nome da peça – disse, rápido. – Não sou muito frequentador de teatro – acrescentou –, mas minha mulher foi e assistiu à peça na semana passada. Muito bem feita, ela achou.

– Barrie escreveu algumas peças muito interessantes – disse Miss Marple –, embora deva dizer que quando fui com um velho amigo, general Easterly, assistir à peça de Barrie *Little Mary** – balançou a cabeça desconsolada –, nenhum de nós sabia para onde olhar.

O inspetor, que desconhecia a peça *Little Mary*, pareceu totalmente perdido. Miss Marple explicou-lhe:

– Quando era garota, inspetor, ninguém sequer mencionava a palavra *estômago*.

O inspetor pareceu ainda mais perdido. Miss Marple estava murmurando títulos em voz baixa:

---
* *Little Mary* é uma gíria para estômago.

— *The Admirable Crichton*, muito inteligente. *Mary Rose*, uma peça encantadora. Chorei, me lembro. Não gostei muito de *Quality Street*. Depois veio *A Kiss for Cinderella*. Ah, *claro*.

O inspetor Welch não tinha tempo a perder com discussões sobre teatro. Voltou ao assunto em voga.

— A pergunta é — anunciou — Alfred Pollock sabia que a velha havia feito um testamento em benefício dele? Ela contou-lhe?

O inspetor acrescentou:

— Veja, tem um clube de arco e flecha adiante, em Boreham Lovell, e *Alfred Pollock é um dos membros*. Ele é, de fato, um excelente atirador de arco e flecha.

— Sendo assim, esse caso está bem resolvido, não? — perguntou Raymond West. — Faria sentido que as portas tivessem sido trancadas com as duas mulheres dentro. Ele com certeza saberia onde elas estavam na casa.

O inspetor olhou para ele e falou com um desânimo profundo.

— Ele tem um álibi — revelou o inspetor.

— Sempre penso que álibis são muito suspeitos.

— Talvez, senhor — disse o inspetor Welch. — O senhor fala como um escritor.

— Não escrevo histórias de detetive — rebateu Raymond West, horrorizado só de pensar na ideia.

– Muito fácil dizer que álibis são suspeitos – prosseguiu o inspetor Welch –, mas infelizmente temos que lidar com os fatos.

O inspetor suspirou.

– Temos três bons suspeitos – disse. – Três pessoas que, por coincidência, estavam muito próximas à cena naquele momento. Ainda assim, o estranho é que parece que nenhum dos três poderia tê-lo feito. A governanta, já tratei dela... o sobrinho, Nat Fletcher, no momento em que a srta. Greenshaw foi atingida, estava a algumas milhas de distância, estacionando o carro em uma vaga e perguntando o caminho... e quanto a Alfred Pollock, seis pessoas juram que ele entrou no Dog and Duck, às 12h20, e lá ficou durante uma hora, comendo seu costumeiro pão com queijo e cerveja.

– Criou o álibi de forma intencional – disse Raymond West, esperançoso.

– Talvez – disse o inspetor Welch –, mas, se o fez, ele de fato *tem* um álibi.

Fez-se um silêncio longo. Então Raymond virou a cabeça para onde Miss Marple estava sentada, ereta e pensativa.

– É com a senhora, tia Jane – disse. – O inspetor falhou, o sargento falhou, eu falhei, Joan falhou e Lou também. Mas para a senhora, tia Jane, está claro como água. Estou certo?

– Não diria isso, querido – disse Miss Marple –, não claro como *água*, e assassinatos, querido Raymond, não são brincadeira. Não acredito que a srta. Greenshaw quisesse morrer, e foi um assassinato particularmente cruel. Muito bem planejado e quase a sangue frio. Não é algo para se fazer *piadas*!

– Sinto muito – Raymond desculpou-se, embaraçado. – Não sou tão insensível quanto pareço. Algumas pessoas tratam as coisas de forma leve para fugir do... bem, do horror que são.

– Acredito que essa é a tendência atual – disse Miss Marple. – Todas essas guerras, e surgem piadas sobre funerais. Sim, talvez não tenha pensado direito quando lhe chamei de insensível.

– Não conhecíamos ela muito bem – observou Joan.

– Isso é *bem* verdade – disse Miss Marple. – Você, querida Joan, nunca a conheceu. Eu também não. Raymond teve uma impressão dela a partir de uma tarde de conversas. Lou a conheceu por poucos dias.

– Vamos, tia Jane – impacientou-se Raymond – conte-nos suas impressões. O senhor não se importa, não é, inspetor?

– De jeito nenhum – respondeu o inspetor, de modo cortês.

– Bem, meu querido, parece que há três pessoas que tinham, ou achávamos que tinham, um motivo para matar a velha senhora. E três razões bem simples pelas quais nenhuma delas poderia tê-lo feito. A governanta não poderia ter sido, porque estava presa no cômodo e porque a srta. Greenshaw afirmou, sem dúvida, que foi um *homem* que atirou nela. O jardineiro não foi, porque estava no Dog and Duck no momento do assassinato. O sobrinho também não foi, pois ainda estava a alguma distância dali, no seu carro, no momento do crime.

– Muito bem colocado, senhora – disse o inspetor.

– E supondo que parece muito improvável que tenha sido um estranho, então em que pé nós estamos?

– É isso que o inspetor quer saber – disse Raymond West.

– As pessoas costumam ver as coisas pelo lado errado – disse Miss Marple, apologética. – Se não podemos alterar os movimentos nem a posição dessas três pessoas, então poderemos, talvez, alterar o momento do assassinato, não?

– Quer dizer que tanto o meu relógio quanto o relógio de parede estavam errados? – perguntou Lou.

– Não, querida – respondeu Miss Marple –, não quis dizer isso de maneira alguma. Quis dizer que o assassinato não ocorreu no momento em que você pensou ter ocorrido.

– Mas eu *vi* – gritou Lou.

– Bem, estive pensando, minha querida, se tudo não foi *arranjado para que você visse*. Sabe, me pergunto se essa não foi a razão verdadeira de você ter sido contratada para esse trabalho.

– O que quer *dizer*, tia Jane?

– Bem, querida, parece estranho. A srta. Greenshaw não gostava de gastar dinheiro, mas ainda assim contratou-a e concordou de bom grado com as condições que você pediu. Pareceu-me que, talvez, queriam que você estivesse naquela biblioteca no primeiro andar, olhando pela janela, de modo que você pudesse ser a testemunha-chave, alguém de fora e de inquestionável boa-fé para determinar o lugar e o momento exato do crime.

– Mas não pode dizer – contestou Lou, incrédula – que a srta. Greenshaw *planejava* ser assassinada.

– Quero dizer, querida – disse Miss Marple –, que você não conhecia a fundo a srta. Greenshaw. Não há um motivo real para acreditar que a srta. Greenshaw que você viu quando foi à casa é a mesma srta. Greenshaw que Raymond viu uns dias atrás, ou há? Ah, sim, eu sei – continuou, a fim de evitar uma réplica de Lou –, ela usava o peculiar vestido antigo e estampado, além do esquisito chapéu de palha, e tinha o cabelo desgrenhado. Correspondia tal qual à descrição que Raymond nos deu no fim de semana passado. Mas essas duas mulheres tinham a mesma idade, altura e tamanho. Refiro-me à governanta e a srta. Greenshaw.

— Mas a governanta é gorda! – exclamou Lou. – Tem seios enormes.

Miss Marple tossiu.

— Mas minha querida, sem dúvida, hoje em dia eu os vejo... hum... nas lojas, expostos da forma mais inapropriada. É muito fácil para qualquer pessoa ter um... seio... de *qualquer* forma e tamanho.

— O que está tentando dizer? – perguntou Raymond.

— Estava apenas pensando, querido, que durante os poucos dias em que Lou esteve trabalhando lá, uma mulher poderia ter encenado as duas partes. Lou, você diz que pouco via a governanta, exceto de manhã, quando ela trazia a bandeja com café para você. Vemos aqueles bons artistas no palco entrando como personagens diferentes, tendo apenas um ou dois minutos para gastar, e tenho certeza de que a troca poderia ter sido feita de forma bem fácil. Aquele penteado de marquesa poderia ser apenas uma peruca colocada e retirada sem dificuldade.

— Tia Jane! Está insinuando que a srta. Greenshaw estava morta antes de eu começar a trabalhar lá?

— Morta não. Mantida sob efeito de remédios, diria. Um trabalho muito fácil para ser executado por uma mulher sem escrúpulos como a governanta. Em seguida, ela fez o acordo com você e colocou-a para telefonar para o sobrinho marcando um almoço numa hora determinada. A única pessoa que poderia saber que essa srta. Greenshaw *não* era a verdadeira era Alfred. E caso você se lembre, nos dois primeiros dias em que trabalhou lá, estava chovendo, e a srta. Greenshaw permaneceu dentro da casa. Alfred não entrou na casa em momento algum, devido à rixa com a governanta. E na última manhã, Alfred estava na entrada para carros da casa, enquanto a srta. Greenshaw estava trabalhando no jardim ornamental... gostaria de dar uma olhada naquele jardim.

– Acha que foi a sra. Cresswell que matou a srta. Greenshaw?

– Acho que, após trazer-lhe o café, a mulher trancou a porta ao sair, com você dentro, carregou a srta. Greenshaw inconsciente para a sala de visitas do térreo, depois disfarçou-se de "srta. Greenshaw" e saiu para trabalhar no jardim ornamental, de onde você poderia vê-la da janela. No devido tempo ela gritou e cambaleou em direção à casa, apertando uma flecha como se tivesse penetrado sua garganta. Pediu ajuda e foi cuidadosa ao dizer "*ele* me atingiu", de modo a afastar a suspeita da governanta. Também gritou para a janela da governanta como se a tivesse visto lá. Em seguida, já dentro da sala de visitas, derrubou as porcelanas de cima da mesa e subiu as escadas com pressa, colocou a peruca de marquesa e, poucos instantes depois, pôde colocar a cabeça para fora da janela e dizer-lhe que também estava trancada.

— Mas ela *estava* trancada lá dentro — disse Lou.

— Sei. É aí que entra o policial.

— Que policial?

— Isso mesmo... que policial? O inspetor se importaria de dizer-me como e quando o *senhor* chegou ao local?

O inspetor pareceu um pouco desnorteado.

— Às 12h29 recebemos um telefonema da sra. Cresswell, governanta da srta. Greenshaw, relatando que sua patroa havia sido atingida. O sargento Cayley e eu fomos diretamente para lá de carro e chegamos na casa às 12h35. Encontramos a srta. Greenshaw morta e as duas senhoras trancadas em diferentes cômodos.

— Então, está vendo, minha querida — disse Miss Marple para Lou. — O chefe de polícia que *você* viu não era o chefe de polícia verdadeiro. Você nunca chegou a pensar nele, ninguém o faria, apenas reconhecemos mais um uniforme como se fosse legítimo.

— Mas quem foi... por quê?

— Quanto à pessoa... bem, se eles estão encenando *A Kiss for Cinderella*, o policial é o ator principal. Nat Fletcher teria apenas que conseguir o figurino que usava na peça. Perguntaria o caminho até a garagem, sendo cuidadoso com o horário, 12h25, e depois seguiria adiante, sem perder tempo, deixaria seu carro próximo à esquina, tiraria o uniforme policial e faria seu "papel".

– Mas por quê? Por quê?

– *Alguém* tinha que trancar a porta da governanta por fora, e alguém tinha que atravessar a flecha na garganta da srta. Greenshaw. É possível perfurar qualquer um com uma flecha apenas lançando-a, mas é necessário ter força.

– Quer dizer que ambos estavam juntos nisso?

– Ah, sim, acho que sim. Mãe e filho, é muito provável.

– Mas a irmã da srta. Greenshaw morreu anos atrás.

– Sim, mas não tenho dúvida de que o sr. Fletcher casou-se outra vez. Ele parece o tipo de homem que se casaria de novo, e acho possível que a criança tenha morrido também, e o tal dito sobrinho era filho da segunda mulher, e nunca foi um parente. A mulher assumiu o cargo de governanta e pesquisou o terreno. Em seguida ele escreveu como se fosse o sobrinho e sugeriu visitá-la, deve ter feito alguma brincadeira com referência a vir vestido de policial, ou a chamou para assistir à peça. Mas acho que ela desconfiou da verdade e recusou-se a vê-lo. Ele teria sido seu herdeiro se ela tivesse morrido sem fazer um testamento, mas claro que uma vez tendo feito o testamento em benefício da governanta, como eles pensavam, ficou tudo resolvido.

– Mas por que utilizaram uma flecha? – observou Joan. – É tão improvável.

– Não é improvável de modo algum, querida. Alfred pertencia ao clube de arqueiros... pretendiam que ele levasse a culpa. O fato de ele estar no pub cedo, às 12h20, foi muita falta de sorte para eles. Alfred sempre saía um pouco antes do horário certo, e esse teria sido o momento certo... – ela balançou a cabeça negativamente. – Em termos morais, parece mesmo errado que a indolência de Alfred tenha salvado sua vida.

O inspetor limpou a garganta.

– Bem, senhora, suas insinuações são muito interessantes. Terei, claro, que investigar...

IV

Miss Marple e Raymond West pararam próximos ao jardim artificial e olharam para baixo para a cesta de flores cheia de plantas mortas.

Miss Marple sussurrou:

– Alyssum, saxífraga, giesta, campânula... Sim, aqui está toda a prova que *eu* preciso. Quem quer que estivesse capinando aqui ontem não entendia de jardinagem – ela arrancou plantas e sementes. – Então agora *sei* que estou certa. Obrigada, querido Raymond, por me trazer aqui. Queria ver o lugar com meus olhos.

Ela e Raymond olharam para cima em direção à construção extraordinária que era a extravagância de Greenshaw.

Uma tossida os fez olhar para trás. Um jovem bonito também estava olhando a casa.

– Maldito casarão! – disse o jovem. Muito grande para os dias de hoje... ou, pelo menos, é o que dizem. Não tenho certeza disso. Se eu ganhasse a aposta de futebol e embolsasse muito dinheiro, esse era o tipo de casa que gostaria de construir.

Sorriu um pouco tímido para eles.

– Suspeito que eu possa dizer isso agora, que essa casa foi construída por meu bisavô – disse Alfred Pollock. – E é uma bela casa, por isso que é chamada de a extravagância de Greenshaw!

lepmeditores
www.lpm.com.br
o site que conta tudo

IMPRESSÃO:

PALLOTTI
GRÁFICA

Santa Maria - RS | Fone: (55) 3220.4500
www.graficapallotti.com.br